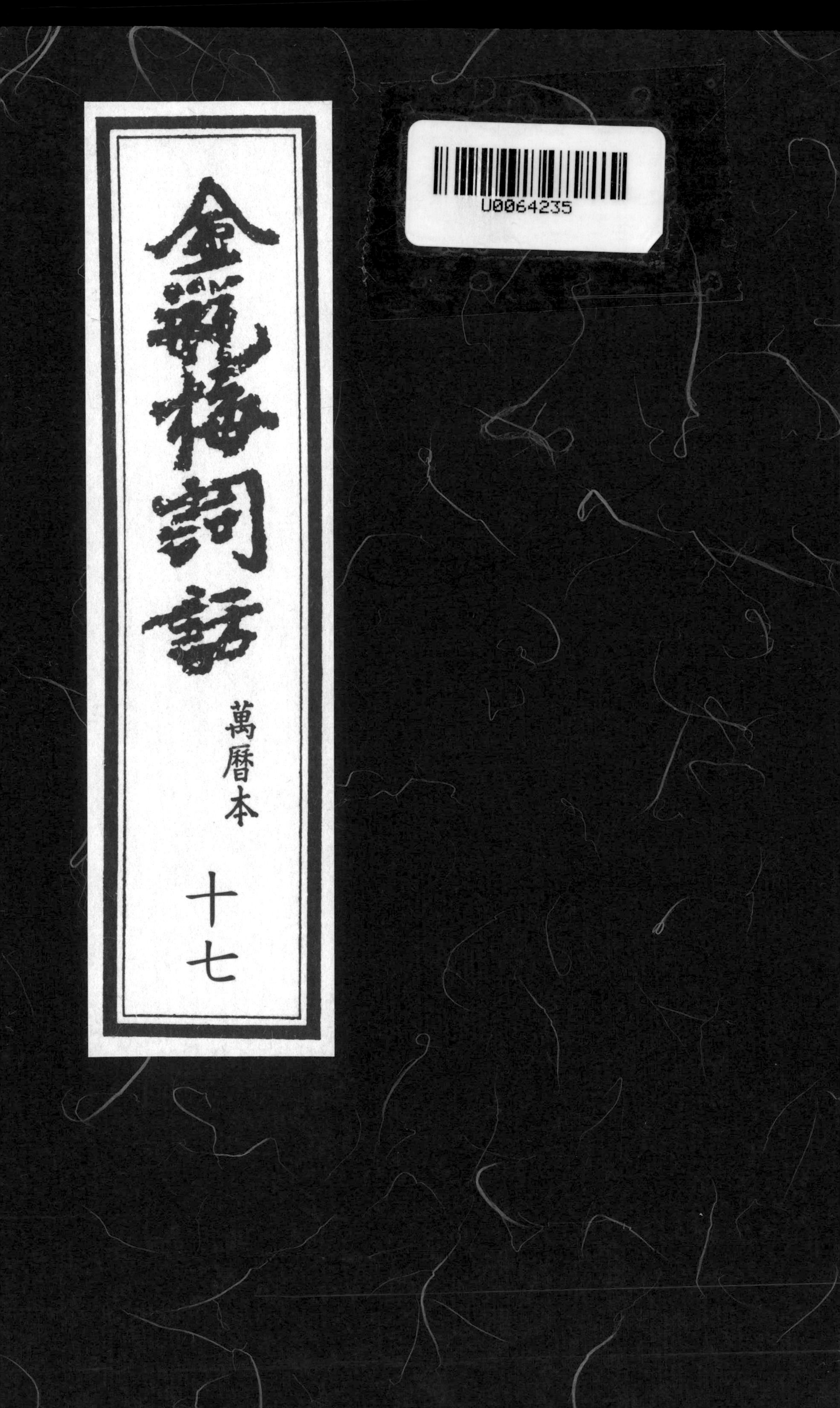

金瓶梅詞話
萬曆本
十七
U0064235

金瓶梅

第七十八回　林太太鴛幃再戰

聯經出版事業公司
景印版

如意兒莖露獨嘗

第七十八回

西門慶兩戰林太太　吳月娘翫燈請黃氏

黃鍾應律好風催　陰伏陽生淑歲回
葵影便移長至日　梅花先趁大寒開
八神表日占和歲　六管吹葭動細灰
巳有岸傍迎臘柳　參差又欲領春來

話說當日西門慶。陪大舅飲酒。至晚回家。到次日荊都監早辰騎馬來拜謝。說道。昨日見旨意下來。下官不勝欣喜。足見老翁愛厚費心之至。實爲衘結難忘。范大人便老了。張菊軒指望陞轉他一步兒。照舊也罷了。還虧他些。說畢。茶湯兩換。荊都監起身。因問雲大人到幾時請俺每吃酒。西門慶道。近節這兩日也是請不成。直到月間罷了。送至大門。上馬而去。西門慶這里宰了一口鮮猪。兩坛浙江酒。一疋大紅絨金豸員領。一疋黑青粧花紵綵員領。一百菓餡金餅。謝宋御史。就差春鴻拏帖兒。送到察院去。門吏入報進去。宋御史喚至後廳火房內。賞茶吃。等寫了回帖。裝於套內。封了。又賞了春鴻三錢銀子。來見西門慶。拆開觀看。上寫看

兩次造擾華府。悚愧殊甚。今又辱承厚貺。何以克當。外今親荆子。事已具本矣。想已知悉。連日渴仰手標。容當面悉。使旋謹謝。

下書侍生宋喬年拜

大錦衣西門先生大人門下

宋御史隨即差人。送了一百本曆日。四萬紙。一口猪來回禮。一

日上司行下文書來。吳大舅本衙到任管事。西門慶拜去。就與吳大舅三十兩銀子。四疋京段。交他上下使用。到二十四日稍閑。封了印來家。又備羊酒花紅軸文。邀請親朋。從衛中上任回來。迎接到家。擺大酒席。與他作賀。又是何千戶東京家眷到了。西門慶寫月娘名字。送茶過去。到二十六日玉皇廟吳道官。十二個道衆在家。與李瓶兒念百日經十回度人。整做法事。大吹大打。侶道行香。各親朋都來送茶。請吃齋供。至晚方散。俱不言表。至廿七日。西門慶打發各家禮畢。又是應伯爵。謝希大。常時節。付夥計。甘夥計。韓道國。賁地傳。崔本。每家半口猪。半腔羊。一坛酒。一包米。一兩銀子。院中李桂姐。吳銀兒。鄭愛月兒。每人一套杭州絹衣服。三兩銀子。吳月娘又與菴裏薛姑子打齋。今來

聯經出版事業公司 景印版

安兒。送香油米麵銀錢去。不在言表。看看到年除之日。牕梅表月。簷雪滚風。竹爆千門萬戶。家家帖春勝。處處掛桃符。西門慶燒紙。又到於李瓶兒房靈前。祭奠已畢。置酒於後堂。合家大小月娘等。李嬌兒。孟玉樓潘金蓮。孫雪娥。西門大姐。并女婿陳經濟。都遞了酒兩旁列坐。先是春梅。迎春。玉簫。蘭香。如意兒五個磕頭。然後小玉。綉春。小鸞兒。元宵兒。中秋兒。秋菊。磕頭。其次者來招妻一丈青。惠慶。來保妻惠祥。來興妻惠秀。來爵妻惠元。一般兒四個家人媳婦磕頭。然後纔是王經。春鴻。玳安。平安。來安。棋童兒。琴童兒。畫童兒。來招兒子。鉄棍兒。來保兒子。僧寶兒。來興女孩兒。年兒。來磕頭。西門慶與吳月娘俱有手帕汗巾銀錢賞賜。到次日重和元年。新正月元旦。西門慶早起冠冕穿大紅。

天地上炷了香燒了紙吃了點心備馬就出去拜巡按賀節去了月娘與衆婦人早起來施朱付粉插花插翠錦裙綉襖羅襪弓鞋粧點妖嬈打扮可喜都來後邊月娘房內廝見行禮那平安兒與該日節級在門首接拜帖落後門簿答應往來官長士夫玳安與王經穿自新衣裳新靴新帽在門首踢毽子兒放炮㸌又嗑瓜子兒袖香桶兒戴鬧娥兒衆夥計主管門下底人伺候見節者不計其數都是陳經濟一人在前邊客位管待後邊大廳擺設錦筵桌席單管待親朋花園捲棚放下毡幃煖簾鋪陳錦裀綉毯獸炭火盆放着十卓都是銷金卓幃粧花椅甸寶粧菓品瓶插金花筵開玳瑁專一留待士大夫官長約晌午間西門慶往府縣拜了人回來剛下馬招宣府王三官兒衣巾有

四五個人跟隨。就來拜。到廳上拜了西門慶四雙八拜。然後請吳月娘出來見西門慶請到後邊。與月娘見了。出來前廳留坐。纔拏起酒來。吃了一盞。只見何千戶來拜。西門慶就教陳經濟管待陪王三官兒。他便往捲棚內陪何千戶坐去了。王三官吃了一面。告辭起身。陳經濟。送出大門。上馬而去。落後又是荊都監雲指揮。喬大戶。皆絡繹而至。西門慶待了一日人。已酒帶半酣。至晚打發人去了。歸到上房。歇了一夜。到次日早。又出去賀節。直至晚歸家來。家中韓姨夫。應伯爵。謝希大。常峙節。花子油來拜。陳經濟陪侍在廳上。坐的候至已久。西門慶到了。見畢禮。從新擺上酒來。酒菜點心來飲酒。韓姨夫與花子油隔門先起身去了。只見伯爵希大常峙節。坐有如定油兒一般。還不去。又撞見吳二舅來了。見了禮。又往後邊拜見月娘。出來一處坐的。直吃到掌燈已後方散。西門慶已吃的酩酊大醉。送出伯爵等到門首。衆人去了。西門慶見玳安在旁跕立。揑了一把手。玳安就知意。說道。他屋裏没人。這西門就撞入他房内。老婆早已在對門裏。迎接進去。兩個也無閑話。走到裏間内。老婆脫衣解帶。仰擗炕上。西門慶褪下褲子。扛起腿來。那話使有銀托子。就幹起來。原來老婆好並着腿幹。兩隻手搬着。只教西門慶攮他心子。那涙水熱熱一陣流出來。把床褥皆濕。西門慶龜頭蘸了藥。攮進去。兩手扳着腰。只顧兩相揉搓。塵柄盡入至根。不容毫髮。婦人瞪目。口中只叫親爺。那西門慶問他。你小名叫甚麽。說與我。老婆道。奴娘家姓葉。排行五姐。這西門慶口中。喃喃呐呐。就叫葉五兒。不知道口裏令合不合。那老婆原來妳子出身。與賁四私通。被拐出來。占為妻子。五短身材。兩個鴒鴒胎眼兒。今年也是屬兎的。三十二歲了。甚麽事兒不知道。口裏如流水。連叫親爺不絕。情濃一泄如注。西門慶扯出塵柄要抹。婦人攔住休抹。等淫婦下去。替你吮淨了罷。這西門慶滿心歡喜。婦人真個蹲下身子。雙手捧定那話。吮咂的乾乾淨淨。纔繫上褲子。因問西門慶。他怎的去恁些時不來。西門慶道。我這里也盼他哩。只怕京中夏大人留住他使。又與了老婆二三兩銀子盤纏。因說我待與你一套衣服。恐賁四知道。不好意思。不如與你些銀子兒。你自家治買罷。開門送出來。玳安又閑在鋪子里。掩門等候的。西門慶進來。方纔關上拴。西門慶便往後邊去了。看官听說。

自古上梁不正。則下梁歪。此理之自然也。如人家主子行苟且之事。家中使的奴僕。皆效尤而行。原來賁四這個老婆。不是守本分的。先與玳安有姦。落後又把西門慶勾引上了。這玳安剛打發西門慶進去了。付夥計又沒在鋪子里上宿。他與平安兒。打了兩大壺酒。就在賁四老婆屋裏。吃到有二更時分。平安在鋪子里歇了。他就和老婆在屋裏睡了一宿。有這等的事。正是對人不用穿針線。那得工夫送巧來。有詩為証

滿眼風流滿眼迷　殘花何事濫如泥
拾琴暫息商陵操　惹得山禽遶樹啼

却說賁四老婆。晚夕對玳安說。只怕隔壁韓嫂兒傳嚷的。後邊知道。也似韓夥計娘子。一時被你娘們說上幾句。羞人答答的。

怎好相見。玳安道。如今家中。除了俺大娘和五娘不言語。別的不打緊。俺大娘倒也罷了。只是五娘快出尖兒。你依我節間買些甚麽兒進去。孝順俺大娘。別的不稀罕。他平昔好吃蒸酥。你買一錢銀子菓餡蒸酥。一盒好大壯瓜子送進去。這初九日是俺五娘生日。你再送些禮去。梯巳再送一盒瓜子與俺五娘。你到明日進來磕頭。管情就掩住許多口嘴。這賁四老婆。真個依着玳安之言。第二日赶西門慶不在家。玳安就替他買了盒子。掇進後邊月娘房中。月娘便道。是那里的。玳安道。是賁四嫂送這盒兒點心瓜子與娘吃。月娘道。男子漢又不在家。那討個錢來。又交他費心。連忙收了。又回出一盒饅頭。一盒菓子。與他說。多上覆。多謝了。那日西門慶拜人回家。早有玉皇廟吳道官來拜。在廳上留坐吃酒。剛打發吳道官去了。西門慶脫了衣服。使玳安。你騎了馬。問聲文嫂兒去。俺爺今日要來拜拜太太。看他怎的說。玳安道。爺且不消去。頭里小的撞見文嫂兒騎着驢子。打門首過去了。他明日初四。王三官兒起身往東京。與六黃公公磕頭去了。太太說。交爺初六日過去見節。他那里伺候着哩。西門慶便道。他真個這等說來。玳安道。莫不小的敢說謊。這西門慶就入後邊去了。剛到上房坐下。忽有來安兒來報。大舅來了。只見吳大舅冠冕着。束着金帶。進入後堂。先拜西門慶說道。一言難盡。我吳鎧多蒙姐夫抬舉看顧。又破費姐夫了。多謝厚禮。日昨姐夫下降。我又不在家。失迎。空慢姐夫來了。今日敬來與姐夫磕個頭兒。恕我遲慢之罪。說着。磕下頭去。西門慶慌忙半頭相還下來。說道大舅恭喜。自然之道理。至親何必計較。吳大舅於是拜畢西門慶月娘出來。與他哥磕頭。頭戴翡翠白縐紗金梁冠兒。海獺臥兎白綾對衿襖兒。沉香色遍地金比甲。玉色綾寬襴裙。耳邊二珠環兒。金鳳釵梳。胷前帶着金三事攛領兒。裙邊紫遍地金。八條穗子的荷包。五色鑰匙線帶兒。紫遍地金扣花。白綾高底鞋兒。打扮的鮮鮮兒的。向前花枝招颭。繡帶飄飄。插燭也似磕了四個頭。慌的大舅忙還半禮。說道。姐姐兩禮兒罷。說道。哥哥嫂嫂不識好歹。常來擾害你兩口兒。你哥老了。看顧顧罷。月娘道。一時不到。望哥躭帶便了。吳大舅道。姐姐沒的說。累你兩口兒還少哩。拜畢。西門慶留吳大舅坐。說道。這咱晚了。料大舅也不拜人了。寬了衣裳。咱房里坐罷。不想孟玉樓與潘金蓮兩個都在屋裡。聽見嚷吳大舅進來。連忙走出來。與大舅磕頭。都是海獺卧兎兒。白綾襖兒。玉色挑線裙子。一個綠遍地金比甲兒。一個是紫遍地金比甲兒。頭上戴的都是鬏髻。玉樓帶的是環子。金蓮是青寶石墜子。下邊尖尖趫趫。顯露金蓮。與吳大舅磕了頭。逕往各人房裡去了。西門慶讓大舅房內。坐的騎火盆。安放卓兒。擺上春盛菓盒。各樣熱碗夏飯。大饅頭點心。八寶攅湯。一齊拿上來。小玉。玉簫。都來與大舅磕頭。須臾吃了湯飯。月娘用小金廂玳瑁鍾兒斟酒。遞與大舅。西門慶主位相陪。吳大舅讓道。姐姐你也來坐的。月娘道。我就來。又往裡間房內。拿出數樣配酒的菓菜來。都是冬笋。銀魚。黃鼠。鰇鮓。海蜇。天花菜。蘋婆。螳螂。鮮柑。石榴。風菱。雪梨之類。飲酒之間。西門慶便問大舅的公事都了畢停當了吳大舅道蒙姐夫抬舉年即任便到了上下人事倒也都周給的七八還有屯所裡未曾去到到任明日是個好日期衛中開了印來家整理了些盒子須得抬到屯所里到任行牌拘將那屯頭來參見分付分付前官丁大人壞了事情已是被巡撫侯爺參劾去了任如今我接管承行須得也要振刷在冊花戶警勵屯頭務要把這舊管新增開報明白到明日秋粮夏稅纔好下屯衛收西門慶道通共約有多少屯田吳大舅道這屯田不瞞姐夫說太祖舊例練兵衛因田養兵省轉輸之勞纔立下這屯田後吃宰相王安石立青苗法增上這夏稅那時只是上納屯田秋粮又不問民地而今這濟州管內除了拋荒葦場港隘通共二萬七千頃屯地每

項秋稅夏稅。只徵收一兩八錢。不上五百兩銀子。到年終纔傾濟了。往東平府交納。轉行招商。以備軍粮馬草作用。西門慶又問還有羨餘之利。吳大舅道。虽故還有些抛零。一戶不在冊者。鄉民頑滑。若十分進徵緊了。等秤斛斗重。恐聲口致起公論。西門慶道。若是有些甫餘見也罷。難道說全徵。若徵收些出來。斛斗等秤上。也勾咱每上下攪給。吳大舅道。不瞞姐夫說。若會管此屯。見一年也有百十兩銀子。尋到年終。人戶們還有些鷄鵝豚米。面見相送。那個是各人取覔。不在數內的。只是多賴姐夫力量扶持。西門慶道。得勾你老人家攪給。也盡我一點之心。正說着。月娘也走來。旁邊陪坐。三人飲酒。到掌燈已後。吳大舅纔起身去了。西門慶那日。就在前邊金蓮房中歇了一夜。到次日早往衙門中開印。陞廳画卯。發放公事。先是雲離守家發帖兒初五日請西門慶。并合衙官員吃慶官酒。西門慶次日。何千戶娘子藍氏下帖兒。初六日請月娘姊妹相會。且說那日。西門慶同應伯爵吳大舅。三人起身。到雲離守家。原來旁邊又典了人家一所房子。三間客位內擺酒。叫了一起吹打鼓樂迎接。都有卓面。吃至晚夕來家。巴不到次日。月娘往何千戶家。吃酒去了。西門慶打選衣帽齊整。袖着賞賜包兒。騎馬帶眼紗。玳安琴童跟隨。午後時分。逕來王招宣府中拜節。王三官兒不在。留下帖兒。文嫂兒又早在那裡接了帖兒。連忙報與林太太說。出來請老爺後邊坐。轉道大廳。到於後邊。進入儀門。少間住房掀起明簾子。上面供養着先公王景崇影像。陳說兩卓春臺菓酌。朱紅

公座。虎皮校椅。脚下氍毹匝地。簾幙垂紅。少頃林氏穿着大紅
通袖襖兒。珠翠盈頭。粉粧膩臉。與西門慶見畢禮數。留坐待茶。
分付大官。把馬牽於後槽喂養。茶罷。讓西門慶寬衣房內坐
說道。小兒從初四日往東京。與他狀父六黃太尉磕頭去了。只
過了元宵纔來。這西門慶一面喚玳安。脫去上蓋。裡邊穿着白
綾襖子。天青飛魚氅衣。粉底皂靴。十分綽耀。婦人房安放卓席。
黃銅四方獸面火盆。生着炭火。朝陽房屋。日色照窗。房中十分
明亮。須臾了鬟拿酒菜上來。杯盤羅列。肴饌堆盈。酒泛金波。茶
烹玉蕊。婦人錦裙綉襖。皓齒明眸。玉手傳盃。秋波送意。猜枚擲
骰。笑語烘春。良久意洽情濃。飲多時。月邪心蕩。看看日落黃昏。
又早高燒銀燭。玳安琴童下邊耳房放卓兒。自有文嫂兒主張

酒饌點心管待。三官兒娘子。另在那邊角門內。一所屋裡居住。自有了鬟養娘伏侍。等閑不過這邊來。婦人又倒扣角門僮僕誰敢擅入。酒酣之際。兩個共入裡間房內。掀開綉帳。關上窻戶。了鬟輕剔銀缸。佳人忙掩朱戶。男子則解衣就寢。婦人即洗脚上床。枕設寶花。被翻紅浪。原來西門慶家中磨鎗備劍。帶了淫器包兒來。安心要鏖戰這婆娘。早把胡僧藥。用酒吃在腹中。那話上使着雙托子。在被窩中。架起婦人兩股。縱塵柄入牝中。舉腰展力。那一陣掀騰鼓搗。其聲猶若數尺竹泥淖中相似。連聲响喨。婦人在下。没口叫達達如流水。正是照海旌幢秋色裏。擊天鼙鼓月明中。有長詞一篇。道這場交戰。但見

錦屏前迷魂陣擺。綉幃下攝魂旗開。迷魂陣上。閃出一員酒

金剛。色魔王。頭戴肉紅盔。錦兜鍪。身穿烏油甲。絳紅袍。纛舠縧。魚皮帶。沒縫靴。使一柄黑纓鎗。帶的是虎眼鞭皮薄頭流星搥。沒毬箭。跨一疋掩毛凹眼渾紅馬。打一面發兩翻雲大帥。旗。攝魂旗下擁一個粉骷髏。花狐狸。頭戴雙鳳翹珠絡索。身穿素羅衫。翠裙腰。白練襠。凌波襪。鮫綃帶。鳳頭鞋。使一條隔天邊。話絮刀。不得見。淚偷垂。容瘦減。粉面撾。羅幃傍騎一疋。百媚千嬌玉面騮打一柄倒鳳顛鸞遮日傘須臾這陣上。撲鼕、鼕鼓震春雷。那陣上鬧挨挨麝蘭靉靆。這陣上腹溶溶。被翻紅浪。那陣上士剛剛刺。帳控銀鉤。被翻紅浪精神健。帳控銀鉤情意乖這一個。急展展二十四解任徘徊。那一個。忽剌剌一十八滾難掙扎。一個是慣使的紅綿套索鴛鴦扣。一个是好耍的拐子流星雞心撾。一個火忿忿桶子鎗。恨不的扎勾三千下。一個顫巍巍肉膀牌。巴不得楊勾五十回。這一個善貫甲披袍戰。那一個能奪精吸髓華。一個戰馬。𥕛磞磞踏番歌舞地。一個征人。軟濃濃塞滿𧮪林崖。一個醜搊搜剛硬形骸。一個俊嬌嬈杏臉桃腮。一個施展他久戰熬場法。一个賣弄他鶯聲燕語諧。一个鬥良久。汗浸浸釵橫鬢亂。一个戰多時。喘吁吁枕欹衲歪。頃刻間只見這內襠縣。乞砲打成堆。个个皆腫眉臁眼。霎時下則望那莎草塲。被鎗扎倒底。人人肉綻皮開。正是愁雲拖上九重天。一派敗兵沿地滾。幾番鏖戰貪婬婦。不是今番這一遭。

當下西門慶。就在這婆娘心口與陰戶。燒了兩炷香。許下明日家中擺酒。使人請他同三官兒娘子。去看燈耍子。這婦人一段身心。已是被他拴縛定了。於是滿口應承都去。這西門慶滿心歡喜。起來與他留連痛飲。至二更時分。把馬從後門牽出。作別方回家去。正是不愁明日盡。自有暗香來。有詩為証

晝日思君倚画楼　相逢不捨又頻留
劉郎莫謂桃花老　浪把輕紅逐水流

却說西門慶到家。有平安迎門。稟說。今日有薛公公家。差人送請帖兒請爺早往門外皇庄看春。又是雲二叔家。差人送了五个帖兒。請五位娘吃節酒。帖兒都交進去了。西門慶听了。沒言語。進入後邊月娘房來。只見孟玉楼。潘金蓮。都在房內坐的。月娘從何千戶家。赴了席來家。已摘了首飾花翠。止戴着鬏髻。撇

着六根金簪子。勒着珠子箍兒。上着藍緞襖。下着軟黃綿紬裙子。坐着說話。西門慶進來。連忙道了萬福。西門慶就在正面椅上坐下問道。你今日往那裡。這咱纔來。西門慶無得說。我在應二哥家留坐。到這咱晚。月娘便說起。今日何千戶家酒席上事。原來何千戶娘子還年小哩。今年纔十八歲。生的燈人兒也似一表人物。好標致。知今博古。透灵兒還強十分。見我去。恰似會了幾遍。好不喜狎。嫁了何大人二年光景。房裡倒使着四个丫頭。兩个養娘。兩房家人媳婦。西門慶道。他是內府御前生活所藍太監姪女兒。與他陪嫁了。好少錢兒。又道小廝對你說來。明日雲夥計家。又請俺每吃節酒。送了五个帖兒。在揀粧上閣着。連薛內相家帖子。都放在一處。因令玉簫拏過來。與你爹瞧。這西門慶看了薛內相家帖兒。又看雲離守家帖兒。下書他娘子兒雲門蘇氏斂衽拜請。西門慶說你每明日收拾了。都去走走。月娘道。留雪姐在家罷。只怕大節下。一時有个人客驀將來。他每沒處撾撓。西門慶道也罷。留雪姐在家裡。你每四个去罷。明日我也不往那裡去。薛太監請我門外看春。我也懶待去。這兩日春氣發也怎的。只害這邊腰腿疼。月娘道。你腰腿疼。只怕是痰火。問任一官討兩服藥吃。不是只顧挨着怎的。那西門慶道。不妨事。由他一發過了這兩日。吃心靜些。因和月娘計較。到明日燈節。咱少不的置席酒兒。請請何大人娘子。連周守備娘子。荆南崗娘子。張親家毋。喬親家毋。雲二哥娘子。連王三官兒毋親和大妗子。崔親家毋。這幾位都會會。也只在十二三掛起燈來。還叫王皇親家。那起小廝扮戲耍一日。爭耐去年還有賁四在家。扎了幾架烟火放。今年他東京去了。只顧不見來了。却交誰人看着扎。那金蓮在旁揷口道。賁四去了。他娘子兒扎也是一般。這西門慶就聽了金蓮道。這個小淫婦兒。三句話就說下道兒去了。那月娘玉樓。也不採顧。就罷了。因說道。那三官兒娘咱每與他沒有大會過。人生面不熟的。怎麼好請他。只怕他也不肯來。西門慶道。他既認我做親。咱送個帖兒與他。來不來。隨他就是了。月娘又道。我明日不往雲家去罷。懷着個臨月身子。只管往人家撞來撞去的。交人家唇齒。玉樓道。姐姐沒的說。怕怎麼的。你身子懷的又不顯。怕還不是這個月的孩子。不妨事。大節下自恁散心去走走兒纔好。說畢。西門慶吃了茶。就往後邊孫雪娥房裡去了。那潘金蓮見他往雪娥房中去。叫了大姐。也就往前邊去了。西門慶到於雪娥房中。晚間交他打腿捏身上。捏了半夜。一宿晚景題過。到次日早辰。只見應伯爵走來借衣服頭面。對西門慶說。昨日雲二嫂送了个帖兒。今日請房下陪衆嫂子坐。家中舊時有幾件衣服兒。都倒塌了。大正月出門入戶。不穿件好衣服。惹的人家咲話。敢來上覆嫂子。有上蓋衣服借的兩套兒。頭面簪環借的幾件兒。交他穿戴了去。西門慶令王經你裡邊對你大娘說去。伯爵道。應寶在外邊。拏着毡包並盒哩。哥哥累你拏進去。就包出來罷。那王經接毡包進去。良久抱出來。交與應寶說道。里面兩套上色段子織金衣服。大小五件頭面。一雙二珠環兒。應寶接的。往家去了。西門慶陪着伯爵吃茶。說道。昨日房下在何大人家吃酒。來晚了。今日不想雲二哥娘子。送了五个帖兒。又請房下每都會會兒。大房下又有臨月身孕。懶待去。我說他既來請。大節下你等走走去罷。我又連日不得閑。只昨日纔把人事拜了。今日咱每在雲二哥家。吃了酒來。昨日家又出去。有些二小事。來家晚了。今日薛内相。又請我門外看春。怎麼得工夫去。吳親廟裏又送帖兒初九日年例打醮。也是去不成。教小婿去了罷。這兩日不知酒多了。也怎的只害腰疼。懶待動彈。伯爵道。哥。你還是酒之過。濕疾流注在這下部。西門慶道。這節間到人家。誰是肯輕放了你我的。怎麼忌的住。伯爵又問。今日那幾會嫂子去。西門慶大房下和第二第三第五的房下四人去。我在家且歇息兩日兒罷。正說着。只見玳安孥進盒兒來。說道。何老爹家差人送請帖兒來。初九日請吃節酒。西門慶道。早是你看着。人家來請你不去。於是看盒兒内放着三个請書兒。一个宛紅僉兒寫着大寅丈四泉翁老先生大人。一个寫大都閫吳老先生大人。一个寫着大鄉望應老先生大人。俱是侍生說何永壽頓首拜。玳安說他那里說不認的。教咱這里轉送送兒罷。伯爵一見。便說這个却怎樣兒的。我還還沒送禮兒去與他。他來請我。怎好去。西門慶道。我這里替你封上分帕禮兒。你差應寶早送去。就是了。一面令王經。你封二錢銀子。一方手帕。寫你應二爹名字。與你應二爹。因說你把這請帖兒袖了去。省的我又教人送。只把吳大舅的。差來安兒送去了。須臾王經封了帕禮。遞與伯爵。伯爵打恭說道。哥謝容易是我後日早來會你。咱一同起身。說畢。作辭去了。午間却表吳月娘等。打扮停當。一頂大轎。三頂小轎。後面又帶着來爵媳婦兒。惠元。收叠衣服。一頂小轎兒。四名排軍喝道。琴童春鴻棋童來安。四个跟隨。往雲指揮家來吃酒。正是。

翠眉雲鬢画中人　嬝娜宮腰迎出塵

天上嫦娥元有種　嬌羞釀出十分春

不說月娘與李嬌兒。孟玉楼。潘金蓮。都往雲離守家吃酒去了。西門慶分付大門上平安兒。隨問甚麽人。只說我不在。有帖兒接了就是了。那平安徑過一遭。那里再敢離了左右。只在門首坐的。但有人客來望。只回不在家。西門慶那日。只在李瓶兒房中。圍炉坐的。自從李瓶兒沒了。月娘教如意兒。休勤上妳去。每日只喂妳來興女孩兒坳兒。連日西門慶害腿疼。猛然想起任官與他延壽丹。用人乳吃。於是來到房中。教如意兒擠乳。那如意兒節間頭上戴着黄霜霜簪環。滿頭花翠勒着翠藍銷金汗巾。藍紬子袄兒。玉色雲段披袄兒。黄綿紬裙子。腳下沙緑潞紬白綾高底鞋兒。粧點打扮。比昔時不同。手上戴着四个烏銀戒指兒。坐在旁邊。打發吃了藥。又與西門慶斟酒餔菜兒。迎春打發吃了飯。走過隔壁和春梅下棊去了。要茶要水。自有綉春在厨下打發。西門慶見丫鬟都不在屋里。在炕上斜靠着背。扯開白綾吊的羢褲子。露出那話來。帯着銀托子。教他用口吮咂。一面傍邊放着菓酌斟酒自飲。因呼道。章四兒。我的兒。你用心替達達咂。我到明日尋出件好粧花段子比甲兒來。你正月十二日穿。老婆道。看爹可怜見。㖿弄勾一頓飯時。西門慶道。我兒我心里要在你身上燒炷香兒。老婆道。隨爹你揀着燒炷香兒。西門慶令他関上房門把裙子脫了上炕來。仰卧在枕上。底下穿着新做的大紅潞紬褲兒。褪下一隻褲腿來。西門慶袖內還有燒林氏剩下的三个燒酒浸的香馬兒。撇去他抹胷兒。一个。坐在他心口內。一个。坐在他小肚兒底下。一个。安在他毖蓋子上。用安息香一齊點着。那話下邊便插進牝中。低着頭看着搧只顧沒稜露腦。往來迭進不已。又取過鏡臺來。傍邊照看。須臾那香燒到肉根前。婦人蹙眉齧齒。忍其疼痛。口里顫声柔語。哼成一塊。沒口子叫達達爹爹罷了我了。好難忍也。西門慶便叫道。章四兒淫婦。你是誰的老婆。婦人道。我是爹的老婆。西門慶教與他。你說是熊旺的老婆。今日屬了我的親達達了。那婦人回應道。淫婦原是熊旺的老婆。今日屬了我的親達達了。西門慶又問道。我會合不會。婦人道。達達會合。兩个淫声艷語。無般言語。不說出來。西門慶那話粗大。撑的婦人牝戶滿滿。往來出入。帶的花心。紅如鸚鵡舌。黑似蝙蝠翅一般。翻覆可愛。西門慶於是把他兩股。扳抱在懷內。四體交匝。兩相迎湊。那話盡没至根。不容毫髮。婦人瞪目失声。淫水流下。西門慶情濃樂極。精邈如湧泉。正是不知已透春消息。但覺形骸骨節鎔。有詩爲証

任君隨意薦霞盃　滿腔春事浩無涯

一身徑藉東君愛　不管床頭墜寶釵

當日西門慶燒了這老婆身上三處香。開門尋了一件玄色段子粧花比甲兒與他。至晚月娘眾人來家。對西門慶說原來雲二嫂也懷着个大身子。俺兩个今日酒席上。都遞了酒。說過到明日兩家若分娩了。若是一男一女。兩家結親做親家。若都是男子。同堂攻書。若是女兒。拜做姐妹。一處做針指。來往同親戚兒耍子。應二嫂做保証。西門慶听了話笑。言休饒舌。到第二日却是潘金蓮上壽。西門慶早起。往衙門中去了。分付小厮每。抬出燈來。收拾揩抹乾淨。大廳捲棚各處掛燈。擺設錦帳圍屏。叫來興買下鮮菓。叫了小優。晚夕上壽的東西。這潘金蓮早辰打扮出來。花粧粉抹。翠袖朱唇。走來大廳上。看見玳安與琴童站着。高櫈在那裡掛燈。那三大盞珠子吊掛燈。咲嘻嘻說道。我道是誰在這里原來是你每在這里掛燈哩。琴童道。今日是五娘上壽爹分付下俺每掛了燈明日娘的生日好擺酒。晚夕小的每與娘磕頭。娘已定賞俺每哩。婦人道。要打便有。要賞可沒有。琴童道。爺樂。娘怎的沒打不說話。行動只把打放在頭里。小的每是娘的兒女。娘看顧看顧兒便好。如何只說打起來。婦人道賊囚別要說嘴。你與他好生仔細掛那燈。沒的例兒揸兒的。拏不牢。吊將下來。前日年里。為崔本來說。你爹大白日里不見了。險了險。赦了一頓打。沒曾打。這遭兒可打成了。琴童道。娘只說破話。小的命兒薄薄的。又諕小的玳安道。娘也不打。听這个話兒娘怎得知。婦人道。宮外有株松。宮內有口鍾。鍾的声兒樹的影兒。我怎麽有个不知道的。昨日可是你爹對你大娘說。去年

道里。我送進去了。一來的。抬轎的。該他六分銀子轎子錢。金蓮
道。我那得銀子來。人家來不帶轎子錢兒走。一面走到後邊。見
了他娘只顧不與他轎子錢。只說沒有。月娘道。你與姥姥一錢
銀子。寫帳就是了。金蓮道。我是不惹他。他的銀子。都有数兒。只
教我買東西。沒教我打發轎子錢。坐了一回。大眼看小眼。外邊
抬轎子的。催着要去。玉楼見不是事。向袖中拏出一錢銀子來。
打發抬轎的去了。不一時。大妗子。二妗子。大師父來了。月娘擺
茶吃了。潘姥姥歸到前邊他女兒房內來。被金蓮儘力数落了
一頓說道。你沒轎子錢。誰教你來了。恁出醜劖劃的。教人家小
看。潘姥姥道。姐姐你沒與我个錢兒與我來。老身那討个錢兒
來。好容易賙辦了這分禮兒來。婦人道。指望問我要錢。我那里

討个錢兒與你。你看着睜着眼在這里。七个窟壠到有八个眼兒。等着在這里。今後你有轎子錢。便來他家來。沒轎子錢別要來。料他家也沒少你這个窮親戚。休要做打嘴的獻世包閑王買豈腐人硬。我又听不上人家那等毬声顙氣。前日為你去了。和人家大嚷大鬧的。你知道。你罷了。驢糞毬兒面前光。却不知里面受恓惶。幾句說的潘姥姥。嗚嗚咽咽哭起來了。春梅道。娘今日怎的。只顧說起姥姥來了。一面安撫老人家。在里邊炕上的。連忙點了盞茶。與他吃。潘姥姥氣的在炕上睡了一覺。只見後邊請陪大妗子吃飯。纔起來往後邊去了。西門慶從衙門中來家。正在上房擺飯。忽有玳安拏進帖兒來。說荆老爹陞了東南統制來拜爹。西門慶見帖兒上寫新陞東南統制兼督漕運總兵官荊忠頓首拜。慌的西門慶令抬開飯桌。連忙穿衣。冠帶迎接出來。只見荊總制穿着大紅麒麟補服。渾金帶進來。後面跟着許多僚掾軍牢。一面讓至大所上。敘禮畢。分賓主而坐。茶湯上來。待茶畢。荊統制說道。前日陞官。勅書纔到。還未上任。逕來拜謝老翁。西門慶道。老總兵榮擢。恭喜。大才必有大用。自然之道。吾輩亦有光矣。容當拜賀。一面請寬尊服。少坐一飯。郎令左右放桌兒。荊統制再三致謝道。學生奉告老翁。一家尚未拜。還有許多薄冗。容日再來請教罷。便徑起身。西門慶那里肯放。隨令左右上來。寬去衣服。登時打抹春臺。收拾酒菓上來。獸炭頓燒。煖簾低放。金壺斟玉液。翠盞貯羊羔。纔斟上酒來。只見鄭春王相。兩个小優兒來到。扒在面前磕頭。西門慶道。你兩箇如何這咱纔來。問鄭春那一个叫甚名字。鄭春道。他喚王相。是王柱的兄弟。西門慶即令拏樂器上來弾唱。與他荆爺听。須臾兩个小優。安放樂器停當。歌唱了一套霽景融和。左右拿上兩盤攢盒點心嗄飯。兩瓶酒。打發馬上人等。荆統制道。這等就不是了。學生叨拜。下人又蒙賜饌。何以克當。即令上來磕頭。西門慶道。一二日房下還要絜誠。請尊正老夫人賞燈一叙。望乞下降。在座者惟老夫人張親家夫人。同僚何天泉夫人。還有兩位舍親。再無他人。荆統制道。若老夫人尊票到。賤荆巳定趨赴。又問起周老總兵怎的不見陞轉。荆統制道。我聞得周菊軒也只在三月間有京營之轉。西門慶道。這也罷了。坐不多時。荆統制告辞起身。西門慶送出大門。看着上馬。唱道而去。晚夕潘金蓮上壽。後所小優彈唱。遞了酒。西門慶便起身。往金蓮房中去了。月娘陪着大妗子。潘姥姥。女兒。郁大姐。兩个姑子。在上房坐的飲酒。潘金蓮便陪西門慶在他房内。從新又安排上酒來。與西門慶梯巳遞酒磕頭。落後潘姥姥來了。金蓮打發他李瓶兒這邊歇卧。他便陪着西門慶。自在飲酒作歡。頑耍做一處。却說潘姥姥到那邊屋里。如意迎春。讓他熱坑上坐着。先是姥姥看見明間内灵前。供擺着許多獅仙五老定勝樹菓柑子。石榴蘋婆。雪梨。鮮菓。蒸酥點心。饊子蔴花。潽炉焚着末子香。點着長明燈卓上拴着銷金卓幃。旁邊掛着他影。穿大紅遍地金袍兒。錦裙綉襖。珠子挑牌。向前道了个問訊。說道。姐姐好處生天去了。因坐在炕上。向如意兒迎春道。你娘勾了。官人這等費心追薦。受這般大供養勾了。他是有福的。如意兒道。前日娘的百日。請姥姥怎的不來。門外花大妗子。和大妗子都在這里來。十二个道士念經。好不大吹大打。揚播道場。水火煉度。晚上纔去了。潘姥姥道。幇年逼節。丟着个孩子在家。我來家中沒人。所以就不曾來。今日你楊姑娘怎的不見。如意兒道。姥姥還不知道。楊姑娘老病死了。從年里俺娘念經就沒來。俺娘們都往北邊與他上祭去了。潘姥姥道。可傷。他大如我。我還不曉的他老人家沒了。嗔道今日怎的不見他。說了一回楊姑娘。如意兒道。姥姥有鍾兒甜酒兒。你老人家用些兒。一面教迎春姐。你放小卓兒在炕上。篩甜酒與姥姥吃盃。不一時取到。飲酒之間。婆子又題起李瓶兒來。你娘好人。有仁義的姐姐。熱心腸兒。我但來這里。沒曾把我老娘當人看成。到就是熱茶熱水與我吃。還只恨我不吃。夜間和我坐着說話兒。我臨家去。好歹包些甚麽兒與我拏了去。誓沒曾空了我。不瞞姐姐你每說。我身上穿的這披襖兒還是你娘與我的。正經我那兒家。半个折針兒也迸不出來與我。我老身不打誑語。阿彌陀佛。水米不打牙。他若肯與我一个錢兒。我滴了眼睛在地。你娘與了我些甚麽兒。他還說象小眼薄皮愛人家的東西。想今日爲轎子錢。你大包家拏着銀子。就替老身出幾分。便怎的咬定牙兒只說他沒有。倒教後邊西房里姐姐。拏出一錢銀子來。打發抬轎的去了。歸到屋里。還數落了我一頓。到明日有轎子錢。便教我來。沒轎子錢。休教我上門走。我這去了。不來了。來到這里。沒的受他的氣。隨他去。有天下人心狠。不似俺這短壽命。姐姐你每听着我說。老身若死了。他到明日不听人說。還不知怎麽收成結果哩。想着你從七歲沒了老子。我怎的守你到如今。從小兒交你做針指。往余秀才家上女學去。替你怎麽纏手縛脚兒的。你天生就是這等聰明伶俐到得這步田地。他把娘唱過來。斷過去。不看一眼兒。如意兒道原來五娘從小兒上學來。嗔道恁題起來。就會識字深。潘姥姥道。他七歲兒上女學。上了三年。字倣也曾寫過。甚麽詩詞歌賦唱本上字不認的。正說着。只見打的角門子响。如意兒道是誰呌門。使綉春二姐。你去瞧瞧去。那綉春走來。說是春梅姐來了。如意兒連忙揑了潘姥姥一把手。就說道姥姥。悄悄的。春梅來了。潘姥姥道。老身知道。他與我那寃家。一條腿兒。只見春梅進來。頭上翠花雲髻兒。羊皮金沿的珠子箍兒。藍綾對衿襖兒。黃綿紬裙子。金燈籠墜子。貂鼠圍脖兒。走來見衆人。陪着潘姥姥吃酒。說道。姥姥還没睡哩。我來瞧瞧姥姥來了。如意兒讓他坐。這春梅把裙子摟起。一屁股坐在炕上。迎春便緊挨着他坐。如意坐在右邊炕頭上。潘姥姥坐在當中。因問你爹和你娘睡了不曾。春梅道。剛纔吃了酒。打發他兩个睡下了。我來這邊瞧瞧姥姥。有幾樣菜兒。一壺兒酒。取了來和姥姥坐的。因央及綉春。你那邊教秋菊掇了來。我已是攢下了。那綉春不一時。走過那邊取了來。秋菊放盒內掇着菜兒。綉春提了一錫瓶金華酒。分付秋菊。你往房里看去听着。若叫我。來這里對我說。那秋菊把嘴谷都着了。去了。一面擺酒在炕卓上。都是燒鴨火腿薰臘鵝。

細鮓糟魚菓仁醎酸蜜食海味之類。堆滿春臺。綉春閉上角門。走進在旁邊陪坐。於是篩上酒來。春梅先遞了一鍾與潘姥姥。然後遞一鍾如意兒。一鍾與迎春。綉春在旁邊炕兒上坐的。共五人坐。把酒來斟春梅護衣碟兒內。每樣揀出。遞與姥姥衆人吃。說道。姥姥這个都是整菜。你用些兒。那婆子道。我的姐姐。我老身吃。因說道。就是你娘。從來也沒費恁个心兒。管待我管待兒。姐姐你倒有惜孤愛老的心。你到明日管情好一步。一步自高。敢是俺那冤家。沒人心。沒人義。幾遍爲他心齷齪。我也勸他他就扛的我失了色。今早是姐姐你看着我來。你家討冷飯吃來了。你下老實那等扛我。春梅道。姥姥罷。你老人家。只知其一。不知其二。俺娘他爭強。不伏弱的性兒。比不同的六娘錢自有。

他本等手里沒錢。你只說他不與你。別人不知道。我知道。相俺爹雖是抄的銀子。放在屋里。俺娘正眼兒也不看他的。若遇着買花兒東西。明公正義問他要。不恁瞞藏背掖的。教人看小了他。他怎麽張着嘴兒說人。他本沒錢。姥姥恠他。就虧了他了。莫不我護他。也要个公道。如意兒道。錯恠了五娘。自古親兒骨肉。五娘有錢。不孝順姥姥。再與誰。常言道要打看娘面。千朶桃花一樹兒生。到明日你老人家。黃金入櫃。五娘他也沒个貼皮貼肉的親戚。就如死了俺娘樣兒。婆子道。我有今年沒明年。知道今死明日死。我也不恠他。春梅見婆子吃了兩鍾酒。韶刀上來了。便叫迎春二姐。你挐骰盆兒來。咱每擲个骰兒。搶紅耍子兒罷。不一時取了四十个骰兒的骰盆兒來。春梅先與如意兒擲。

擲了一回。又與迎春擲。都是賭大鍾子。你一盞。我一鍾。須臾竹葉穿心。桃花上臉。把一錫瓶酒吃的罄凈。迎春又拏上半鐔麻姑酒來。也都吃了。約莫到二更時分。那潘姥姥老人家。熬不的。又早前靠後仰。打起盹來。方纔散了。春梅便歸這邊來。推了推角門。開着。進入院內。只見秋菊。正在明間。板壁縫兒內。倚着春櫈兒。听他兩个在屋里行房。怎的作声喚。口中呼叫甚麼。正听在熱鬧。不防春梅走來。到根前。向他腮頰上。儘力打了个耳刮子。罵道。賊少死的囚奴。你平白在這里听甚麼。打的秋菊。睜睜的說道。我這裡打盹。誰听甚麼來。你就來打我。不想房內婦人听見。便問春梅。他和誰說話。春梅道。沒有人。我使他開門。他不動。於是替他摭過了。秋菊揉着眼。開上房門。春梅走到炕上。摘

頭睡了。不在話下。正是鶺鴒有意留殘景。杜宇無情戀晚暉
一宿晚景題過。次日潘金蓮生日。有傅夥計。甘夥計賁四娘子。
崔本媳婦段大姐。吳舜臣媳婦鄭三姐。吳二妗子。都在這里。西
門慶。約會吳大舅。應伯爵。整衣冠。尊瞻視。騎馬喝道。往何千户
家赴席。那日也有許多官客。四个唱的。一起雜耍。周守備同席。
飲酒至晚回家。就在前邊。和如意兒歇了。到初十日發帖兒請
眾官娘子吃酒。月娘便向西門慶說。趁着十二日看燈酒。把門
外他孟大姨。和俺大姐。也帶着請來坐坐。省的教他知道惱。請
人不請他。西門慶道。早是你說。分付陳經濟。再寫兩个帖。差琴
童兒請去。這潘金蓮在旁听着多心。走到屋里。一面攛掇把潘
姥姥就要起身。月娘道。姥姥你慌去怎的。再消住一日兒是的。

金蓮道姐姐。大正月裏他家里丟着孩子沒人看。教他去罷。慌的月娘裝了兩个盒子點心茶食。又與了他一錢轎子錢。管待打發去了。因對着李嬌兒說。他明日請他有錢的大姨兒來。看燈吃酒。一个老行貨子。觀眉觀眼的不打發去了。平白教他在屋里做甚麼。待要說是客人。沒好衣服穿。待要說是燒火的媽媽子。又不似。倒沒的教我惹氣。西門慶使玳安兒。送了四个請書兒。往招宣府。一个請林太太。一个請王三官兒娘子黃氏。又使他院中。早叫李桂姐吳銀兒鄭愛月兒。洪四兒。四个唱的。李銘。吳惠。鄭奉。三个小優兒。不想那日。賁四從東京來家。梳洗頭臉。打選衣帽齊整。來見西門慶磕頭。遞上夏指揮回書。西門慶問他。如何住這些時不來。賁四具言在京。感冒打寒一節。直到正月初二日纔收拾起身回來。夏老爹多上覆老爹。多承看顧。西門慶照舊還把鑰匙教與他管絨線鋪。另打一間。教吳二舅開鋪子賣紬絹。到明日松江貨船到。都卸在獅子街房內。同來保發賣。且教賁四叫花兒匠在家。攢造兩架烟火。十二日要放與堂客看。早約下應伯爵。謝希大。吳大舅。常時節四位。白日在廂房內坐的。晚夕只見應伯爵。領了李三見西門慶。先道。當日外承攜之事。坐下吃畢茶。方纔說起李三哥來。今有一宗買賣與你說。你做不做。西門慶道。端的甚麼買賣。你說來。李三道。今有朝庭東京行下文書。天下十三省。每省要萬兩銀子的古器。咱這東平府。坐派着二萬兩。批文在巡按處。還未下來。如今大街上張二官府。破二百兩銀子。幹這宗批。要做。都看有一萬兩銀子。尋小人會了二叔敬來對老爹說。老爹若做。張二官府拏出五千兩來。老爹拏出五千兩來。兩家合着做這宗買賣。左右沒人。這邊是二叔和小人與黄四哥。他那邊還有兩个夥計。二八分貨使。未知老爹意下何如。西門慶問道。是甚麽古器。李三道。老爹還不知。如今朝庭皇城內新葢的艮嶽。改爲壽岳。上面起葢許多亭臺殿閣。又建上淸寶籙宮。會眞堂。璇神殿。又是安妃娘娘梳粧閣。都用着這珍禽奇獸。周彝商鼎。漢篆秦炉。宣王石鼓。歷代銅鞮。仙人掌承露盤。并希世古董玩器擺設。好不大興工程。好少錢粮。西門慶听了。說道。此是我與人家打夥兒做。我自家做了罷。敢量我拏不出這一二萬銀子來。李三道。得老爹全做又好了。俺每就瞞着他那邊了。左右這邊二叔和俺每兩个。再沒人。伯爵道。哥家里還添个人兒不添。西門慶道。到根前再添上賁四替你們走跳就是了。西門慶又問道。批文在那里。李三道還在巡按上邊。沒發下來哩。西門慶道。不打緊。我這差人寫封書。封些禮。問宋松原討將來就是了。李三道。老爹若討去。不可遲滯。自古兵貴神速。先下米的先吃飯。誠恐遲了。行到府裏。乞別人家幹的去了。西門慶笑道。不怕他。設使就行到府里。我也還教宋松原拏回去就是。胡府尹我也認的。於是留李三伯爵同吃了飯。約會我如今就寫書。明日差小价去。李三道。又一件、宋老爹。如今按院不在這里了。從前日起身。往兗州府盤查去了。西門慶道。你明日就同小价往兗州府走遭。李三道。不打緊。等我去。來回破五六日罷了。老爹差那位管家、等我會下有了書。教他往我那里歇。明日我同他好早起身。西門慶道別人你宋老爹不認的。他常喜的是春鴻。教春鴻來爵。一時兩个去罷。於是叫他二人到面前。會了李三。晚夕往他家宿歇伯爵道。這等纔好。事要早幹。多才疾足者得之。於是與李三吃畢飯。告辭而去。西門慶隨即教陳經濟寫了書。又封了十兩葉子黄金。在書帕內。與春鴻來爵二人。分付路上仔細。若討了批文。即便早來。若是行到府里。問你宋老爹討張票。問府里要來爵道。爹不消分付。小的曾在兗州荅應過徐參議。小的知道。於是領了書礼。打在身邊。逕往李三家去了。不說十一日來爵春鴻同李三早顧了長行頭口。往兗州府去了。却說十二日西門慶家中。請各官堂家飲酒。那日在家不出門。約下吳大舅應伯爵。謝希大。常時節四位。晚夕來在捲棚內賞燈飲酒。王皇親家樂小厮。從早辰就挑了廂子來了。在前邊廂房做戲房。堂客到。打銅鑼。銅鼓。迎接。周守禦娘子。有眼疾不得來。差人來回。又是荊統制娘子。張團練娘子。雲指揮娘子。并喬親家母。崔親家母。吳大姨。孟大姨。都先到了。只有何千戶娘子。王三官母親林太太并王三官娘子不見到。西門慶使排軍玳安琴童兒來回催邀了两三遍。又使文嫂兒催邀。午間只見林氏一頂大轎。一頂小轎跟了來。見了礼。請西門慶拜見。問怎的三官娘子不來。林氏道。小兒不在。家中沒人。拜畢下來。止有何千戶娘子。直到晌午大錯纔來。坐着四人大轎。一个家人媳婦。坐小轎跟隨排軍抬着衣廂。又是两位青衣家人。緊扶着轎竿。到二門裏纔下轎前邊鼓樂吹打迎接。吳月娘衆姊妹。迎至儀門首。西門慶悄悄在西廂房。放下簾來。偷瞧見這藍氏年約不上二十歲。生的長挑身材。打扮的如粉粧玉琢。頭上珠翠堆滿。鳳翹雙插。身穿大紅通袖。五彩粧花。四獸麒麟袍兒。繋着金箱碧玉帶。下襯着花錦藍裙。两邊禁步叮咚。麝蘭香噴。但見

儀容嬌媚。體態輕盈。姿性兒百伶百俐。身段兒。不短不長。細彎彎两道蛾眉。直侵入鬢。滴溜溜一雙鳳眼。來往踅人。嬌声兒似囀日流鶯。嫩腰兒似弄風楊柳。端的是綺羅隊里生來。却壓豪華氣象。珠翠叢中長大。那堪雅淡梳粧。開遍海棠花也不問夜來不少飄殘楊柳絮。竟不知春色如何。要知他半點真情。除非是穿綺窓皓月。能隨他一腔心事。却便似翻綉

幌清風輕移蓮步。有蕊珠仙子之風流。欵蹙湘裙。似水月觀
音之態慶正是比花花解語。比玉玉生香。
這西門慶不見則已。一見魂飛天外。魄丧九霄。未曾體交。精魄
先失。少頃月娘等迎接。進入後堂相見。叙礼已畢。請西門慶拜
見。西門慶得不還一声。連忙整衣冠行礼。恍若瓊林玉樹臨凡
神女巫山降下。躬身施礼。心摇目蕩。不能禁止。拜見畢。下來先
在捲棚內放 早見擺茶。極盡希奇美饌。然後大厛上坐。陳水陸
珎羞。正面設石崇錦帳圍屏。四下鋪玳筵廣席。花燈高挑。綵繩
半拽。雕梁錦帶低垂。画燭齊明寶盖。魚龍山戲。恍一片珠璣殿
閣楼臺。簇千團翡翠。左邊廂九姊十妹美人圖画冊青。右首下
九耀八洞神仙。粧成金碧。吃的是龍肝鳳髓。熊掌駝峰。歌的是

錦瑟銀箏。鳳筲象骨。鼉鼓鼕鼕。驚過鳥。歌喉囀囀。遏行雲。席上嬌嬈。盡是珠圍翠繞。堦下腳色。皆按離合悲歡。正是得多少進酒。下鬟雙落浦。獻羨侍妾兩嫦娥。當下林太太上席。戲文扮的是小天香半夜朝元記。唱了兩摺下來。李桂姐。吳銀兒。鄭月兒。洪四兒。四个唱的上去彈唱。吳大妗門外。先起身去了。唱燈詞錦綉花燈半空挑。西門慶在捲棚內。自有吳大舅。應伯爵。謝希大。常時節。李銘。吳惠。鄭奉。三个小優兒彈唱飲酒。不住下來。大厮格子外。往里觀覷。這各家跟轎子家人伴當。自有酒饌。前廝管待。不必用說。次第明月圓。容易彩雲散。樂極悲生。否極泰來。自然之理。西門慶但知爭名奪利。縱意奢淫。殊不知天道惡盈。鬼錄來追。死限臨頭。到晚夕堂中點起燈來。小優兒彈唱燈詞。

還未到起更時分。西門慶正陪着人坐的。就在席上齁齁的打起睡來。伯爵便行令猜枚鬼混他。說道。哥你今日沒高興。怎的只打睡。西門慶道。我昨日沒曾睡。不知怎的。今日只是沒精神打睡。只見四个唱的下來。伯爵教兩个唱燈詞。兩个遞了酒。當下洪四兒與鄭月兒兩个彈着箏琵琶唱。吳銀兒與李桂姐遞酒。正要在熱鬧處。忽玳安來報王太太與何老爹娘子。起身了。這西門慶席下來。黑影里走到二門里首。偷看着他上轎。月娘衆人送出來。前邊天井內看放烟火。藍氏穿着大紅遍地金貂鼠皮袄。翠藍遍地金裙。林太太是白綾袄兒貂鼠披。大紅裙帶着金鐸玉珮。家人打着燈籠。簇擁上轎而去。這西門慶正是餓眼將穿。饞涎空嚥。恨不能就要成雙。見藍氏去了。悄悄從夾道進來。當時沒巧不成語。姻緣會湊可霎作恠。不想來爵兒媳婦見堂客散了。正從後邊歸來。開他房門。不想頂頭撞見西門慶沒處藏躲。原來西門慶見媳婦子生的喬樣。安心已久。雖然不及來旺妻宋氏風流。也頗充得過第二。於是乘着酒興兒。雙關接進他房中親嘴。這老婆當初在王皇親家。因是養个主子。被家人不忿攘鬧。打發出來。今日又撞着這个道路。如何不從了。一面就遞舌頭在西門慶口中。兩个解衣褪褲。就按在炕沿子上。掇起腿來。被西門慶就聳了个不亦樂乎。正是未曾得遇鶯娘面。且把紅娘去解饞。有詩爲証

燈月交光浸玉壺　分得清光照綠珠
莫道使君終有婦　教人桑下覓羅敷

畢竟未知後來何如。且聽下回分解。

金瓶梅

第七十九回

西門慶貪慾喪命

聯經出版事業公司 景印版

第七十九回

西門慶貪慾得病　吳月娘墓生產子

仁者難逢思有常　閑居慎勿恃無傷
爭先徑路機關惡　近後語言滋味長
夾口物多終做病　快心事過必為殃
與其病後能求藥　不若病前能自防

此八句詩。乃邵堯夫所作。皆言天道福善。鬼神惡盈。作善降之百祥。作不善降之百殃。西門慶自知淫人妻子。而不知死之將至。當日在夾道內。姦要了來爵老婆。走到捲棚內。陪吳大舅。應伯爵。謝希大。常時節。飲酒。荊統制娘子。張團練娘子。喬親家母。崔親家母。吳大姨。吳大妗子。段大姐。坐了好一回。上罷元宵圓子方纔起身。告辭上轎家去了。大妗子那日同吳舜臣媳婦都家去了。陳經濟打發王皇親戲子二兩銀子唱錢。酒食管待出門。只見四个唱的并小優。還在捲棚內彈唱遞酒。伯爵向西門慶說道。明日花大哥生日。哥你送了礼去不曾。西門慶說道。我早辰送過去了。玳安道。花大哥那里頭里使來定兒送請帖兒來了。伯爵道。哥。你明日去不去。我好來會你。西門慶道到明日看。再不你先去罷。我慢慢兒去。遞盃酒。四个唱的後邊去了。李銘等上來彈唱。那西門慶不住只是在椅子上打睡。吳大舅道。姐夫連日辛苦了。罷罷。咱每告辭罷。於是起身。那西門慶又不肯。只顧攔着留坐。到二更時分纔散。西門慶先發四个唱的轎子去了。拏大鍾賞李銘等三人。每日兩鍾酒。與了六錢唱錢。臨出門。吽回李銘分付我十五日要請你周爺。和你荆爺。何老爹衆位。你早替吽下四个唱的。休要悮了。李銘跪下。禀問爹吽那四个。西門慶道。樊百家奴兒。秦玉芝兒。前日何老爹那里唱的一个馮金寶兒。并呂賽兒。好歹吽了來。李銘應諾。小的知道了。磕了頭去了。西門慶歸後邊月娘房里來。月娘告訴。今日林太太在席。與荆大人娘子。好不喜歡。坐到那咱晚纔去了。酒席上謝我老爹扶持。但得好處。不敢有忘。也在出月往淮上催儹粮運去也。又說何大人娘子。今日也吃了好些酒。喜歡六姐。又引到那邊花園山子上瞧了瞧。今日各項也賞唱的許多東西。說畢。西門慶就在上房歇了。到半夜。月娘做了一夢。天明告訴西門慶說道。敢是我日看見他王太太穿着大紅絨袍兒我黒夜就夢見你。李大姐廂子內。尋出一件大紅絨袍兒。與我穿在身。被潘六姐匹手奪了去。披在他身上。教我就惱了。說道他的皮襖。你要的去穿了罷了。這件袍兒。你又來奪。他使性兒把袍兒上身。扯了一道大口子。吃我大嚷喝。和他罵嚷嚷嚷着就醒了。不想都是南柯一夢。西門慶道。你從睡夢中。只顧氣罵不止。不打緊。我到明日。替你尋一件穿就是了。自古夢是心頭想。到次日起來頭沉。懶待往衙門中去。梳頭淨面。穿上衣裳。走來前邊書房中。籠上火。那里坐的。只見玉簫早辰來如意兒房中。擠了半甌子奶。逕到廂房。與西門慶吃藥。見西門慶倚靠床上。有王經替他打腿。王經見玉簫來。就出去了。打發他吃了藥。西門慶使他拏了一對金裹頭簪兒。四个烏銀戒指兒。教他送到來爵

媳婦子屋里去。那玉簫听見主子使他幹此營生。又似來昭媳
婦子那一本帳。連忙鑽頭覓縫。袖的去了。送到了物事。還走來
回西門慶話。說道收了。改日與爹磕頭。拏回空匭子兒到上房。
月娘問他你爹吃了藥了。在廂房內做甚麼哩。玉簫道。沒言語。
月娘道。你替他熬粥下來。約莫等飯時前後。還不見進來。原來
王經稍帶了他姐姐王六兒。一包兒物事。遞與西門慶瞧。就請
西門慶往他家去。西門慶打開紙包兒。却是老婆剪下一柳黑
臻臻光油油的青絲。用五色絨纏就的一个同心結托兒用兩
根錦帶兒拴着。安放在塵柄根下。做的十分細巧工夫。那一件
是兩个口的鴛鴦紫遍地金順袋兒。都緝着迴紋錦綉。里邊盛
着瓜穰兒。西門慶觀翫良久。滿心歡喜。遂把順袋放在書厨內。

錦托見褪於袖中。正在凝思之際。忽見吳月娘驀地走來。掀開簾子。見他在床上。王經扒着。替他打腿。便說道。你怎的只顧在前頭。就還進去了。屋里擺下粥了。你告我說。你心里怎的。只是恁沒精神。西門慶道。不知怎的心中只是不耐煩害腿疼。月娘道。想必是春氣起了。你吃了藥也等慢慢來。一面請到房中。打發他吃了粥。因說道。大節下你也打起精神見來。今日門外花大舅生日。請你往那里走走去。再不叫將應二哥他也不在了。與花大舅做生日去了。你整治下酒菜見我往燈市鋪子內。和他二舅吃回酒。坐坐罷。月娘道。你備馬去。我教丫鬟整理這西門慶一面分付玳安備馬。王經跟隨。穿上衣裳。逕到獅子街燈市里來。但見燈市中車馬轟雷。燈毬燦爛。遊人如蟻。十分熱鬧。

大平時序好風催　羅綺爭馳鬥錦廻
鰲山高聳青雲上　何處遊人不看來

西門慶看了回燈。到獅子街房子門首下馬。進入里面坐下。慌的吳二舅賁四。都來声喏。門首買賣甚是興勝。來招妻一丈青又早書房內籠下火。拿茶吃了。不一時家中吳月娘使琴童兒來安兒。拿了兩方盒點心上嗄飯菜蔬。鋪內有南邊帶來豆酒。打開一坛。擺在楼上。坐着炭火。請吳二舅與賁四輪番吃酒。楼窓外就着見燈市往來。人烟不斷。諸行貨殖如山。吃至飯後的時分。西門慶使王經對王六兒說去。王六兒听見西門慶來。家中又整治下春臺果盒酒肴等候。西門慶分付來招。將這一卓酒菜。晚夕留着與二舅賁四。在此上宿吃。不消拏回家去了。又教琴童提送一坛酒過王六兒這邊來。西門慶於是騎馬。逕到他家。婦人打扮迎接。到明間内揷燭也似磕了四个頭。說道。迭承你厚禮。怎的两次請你不去。王六兒道。爹倒說的好。我家中再有誰。不知怎的這两日。只是心里不好。茶飯兒也懶吃。做事没入脚處。西門慶道。敢是想你家老公。婦人道。我那里想他。倒是見爹這一向不來。不知怎的怠慢着爹了。爹把我網巾圈兒打靠後了。只怕另有个心上的人兒了。西門慶咲道。那里有這个道理。倒因家中節間擺酒。忙了两日。婦人道。說昨日爹家中請堂客來。西門慶道。便是你大娘吃過人家兩席節酒。須得請人回席。婦人道。請了那幾位堂客。西門慶便說某人某人。從頭訴說一遍。婦人道。看燈酒兒。只請要緊的。就不請俺每請兒了。

西門慶道。不打緊、到明日正月十六日、還有一席。可請你每衆
夥計娘子走走去。是必到根前。又推故不去着。婦人道。娘若賞
个帖兒來。怎敢不去。不是因前日他小大姐罵了申二姐。教他
好不抱怨。說俺每他那日要不去來。倒是俺每攛掇了他去了。
落後罵了來。好不在這里哭。俺每到沒意思刺刺的。落後又教
爹娘費心。送了盒子。并那一兩銀子來。安撫了他。纔罷了。不知
原來家中小大姐這等藻暴性子。就是打狗也看主人面。西門
慶道。你不知這小油嘴。他好不兠胆的性。着緊把我也擦扛的
眼直直的也見他。教你唱。唱个兒與他听罷了。誰教你不唱。又
說他來。婦人道。耶嚛嚛嚛。他對我說。他凡時說他來走來指着
臉子。就罵他、起身罵的他來。在我這里好不醜的。三行鼻涕。兩

行眼淚的哭。我這里留他住了一夜。纔打發他去了。說了一回。丫鬟拿茶吃了。小廝進財兒。買了點心鮮魚嗄飯來。老馮婆子。在厨下整理。又走來上邊。與西門慶磕頭。西門慶與了他約三四錢一塊銀子。說道。從你娘沒了。就不常往我那里走走去。婦人道。沒他的主兒。那里着落。倒常時來我這邊。和我做伴兒。不一時房中收拾乾淨。婦人請西門慶房中坐的。問爹用了午飯不曾。西門慶道。我早辰家中吃了些粥。剛纔陪你二舅。又吃了两个點心。且不吃甚麽哩。一面放卓兒。設擺春臺。安排上酒來。卓上無非是節食美饌。佳殽菓菜之類。婦人令王經打開荳酒。篩將上來。陪西門慶。做一處飲酒。婦人問道。我稍來的那物件兒。爹看見來。都是奴旋剪下頂中一柳頭髮。親手做的。管情爹見了愛。西門慶道。多謝你厚情。飲至半酣。見房內無人。西門慶袖中取出來。套在龜身下。兩根錦帶兒。扎在腰間。龜頭又帶着景東人事。用酒服下胡僧藥下去。那婦人用手搏弄。弄的那話登時奢稜跳腦。橫觔皆見。色若紫肝。比銀托子和白綾帶子。又不同。西門慶摟婦人。坐在懷內。那話揷進牝中。在上面兩个一遞一口。飲酒咂舌頭。婦人把菓仁兒用舌尖噙與西門慶吃。直頑笑。吃至掌燈。馮媽媽廚下做了猪肉韭菜餅兒拿上來。婦人陪西門慶。每人吃了兩个。丫鬟收下去。兩个在里間廂成的煖炕上。撩開錦幔。二人解衣就寢。婦人知道。西門慶好點着燈行房。把燈臺移在明間炕邊一張卓上安放。一面將紙門關上。澡牝乾靜。拽了一雙大紅潞紬白綾平底鞋兒。穿在腳上。脫了褲兒鑽在被窩里。與西門慶做一處。相摟相抱。睡了一回。原來西門慶心中。只想着何千戶娘子藍氏。慾情如火。那話十分堅硬。先令婦人馬伏在下。那話放入庭花内。極力搧磞了。約二三百度。搧磞的屁股。連声响喨。婦人用手在下。揉着[illegible]心子。口中叫達達如流水。於是心中還不美意。起來披上白綾小襖。坐在一隻枕頭上。婦人仰卧。尋出兩條脚帶。把婦人兩隻脚。拴在兩邊護炕柱兒上。賣了个金龍探爪。將那話放入牝中。少時没稜露腦。淺抽深送。次後半出半入。纔進長驅。恐其婦人害冷。亦取紅綾短襦。蓋在他身上。這西門慶乘其酒興。把燈光挪近根前。垂首翫其出入之勢。抽徹至首。復送至根。又数百回。婦人口中百般柔声顫語。都叫將出來。西門慶又取粉的膏子藥。全在龟頭上攮進去。婦人陰中麻痒不能當。急令深入。兩相迎就。這西門慶故作逗遛。戲將龜頭。濡捷其牝口。又挑弄其花心。不肯深入急的婦人淫津流出。如蝸之吐涎。往來㨮的牝户。翻覆可愛。燈光影里。見他兩隻腿兒。穿着大紅鞋兒。白生生腿兒。蹺在兩邊吊的高高的。一往一來。一衝一撞。其興不可遏。因口呼道淫婦你想我不想。婦人道。我怎麼不想達達。只要你松栢兒冬夏長青。便好。休要日遠日疎。頑要續了。把奴來也不理。奴就想死了罷了。敢和誰說。有誰知道。必是俺那王八來家。我也不和他說想他恁在外邊做買賣。有錢不養老婆的。他肯掛念我。西門慶道。我的兒。你若一心在我身上。等他來家。我爽利替他另娶一个。你只長遠等着我便了。婦人道。我達達等他來家。好歹替他耍了一个罷或把我放在外頭或是招我到家去隨你心里淫婦爽利把不值錢的身子拚與達達罷無有个不依你的西門慶道我知道兩个說話之間又幹勾兩頓飯時方纔精拽解卸下婦人脚帶來摟在被窩內並頭交股醉眼朦朧一覺直睡到三更天氣方醒西門慶起來穿衣淨手婦人開了房門叫丫鬟進來再添美饌復飲香醪滿斟暖酒又陪西門慶吃了十數盃不覺醉上來纔點茶來漱了口向袖中掏出一紙帖兒遞與婦人問甘夥計鋪子里取一套衣服你穿隨你要甚花樣那婦人萬福謝了送出門王經打着燈籠玳安琴童籠着馬打發上了馬婦人方纔關門這西門慶身穿紫羊絨褶子圍着風領騎在馬上那時也有三更時分天氣有些陰雲昏昏慘慘的月色街

市上靜悄悄九衢澄淨。鳴柝唱號。提鈴打馬。正過之次。剛走到西首那石橋兒根前。忽然見一个黑影子。從橋底下鑽出來。向西門慶一撲。那馬見了。只一驚驟。西門慶在馬上。打了个冷戰。醉中把馬加了一鞭。那馬搖了搖鬃。玳安琴童。兩个用力拉着嚼環。收勒不住。雲飛般望家奔將來。直跑到家門首方止。王經打着燈籠。後邊跟不上。西門慶下馬。腿軟了。被左右扶進。逕往前邊潘金蓮房中來。此這一不來倒好。若來。正是失脫人家逢五道。濱冷餓鬼撞鍾馗。原來金蓮從後邊來。還沒脫衣。倒在炕上。等待西門慶。听見來了。慌的骨碌扒起來。向前替他接衣服。見他吃的酩酊大醉。也不敢問他。這西門慶隻手搭伏着他肩膊上。摟在懷里。口中喃喃吶吶說道。小淫婦兒。你達達今日醉了。收拾鋪我睡也。那婦人扶他上炕。打發他歇下。那西門慶丟倒頭在枕頭上鼾睡如雷。再搖也搖不醒。然後婦人脫了衣裳。鑽在被窩內慢慢用手。腰里摸他那話。猶如綿軟。再沒些硬朗氣兒。更不知在誰家來。翻來覆去。怎禁那慾火燒身。淫心蕩意。不住用手。只顧揑弄。蹲下身子。被窩內替他百計品咂。只是不起。急的婦人要不的。因問西門慶。和尚藥在那里放着哩。推了半日推醒了。西門慶醉罵道。淮小淫婦。只顧問怎的。你又教達達擺布你。你達今日懶待動彈。藥在我袖中金穿心盒兒內。你拏來吃了。有本事品弄的他起來。是你造化。那婦人便去袖內摸出穿心盒來。打開里面。只剩下三四丸藥兒。這婦人取過燒酒壺來。斟了一鍾酒。自己吃了一丸。還剩下三丸。恐怕力不効千不合萬不合。拏燒酒都送到西門慶口內。醉了的人。曉的甚麽。合着眼只顧吃下去。那消一盞熱茶時。藥力發作起來。婦人將白綾帶子。拴在根上。那話躍然而起。但見裂瓜頭凹眼圓睜。落腮鬍挺身直竪。婦人見他只顧睡。於是騎在他身上。又取膏子藥安放馬眼內。頂入牝中。只顧揉搓。那話直抵苞花窩里。覺翕翕然渾身酥麻。暢美不可言。又兩手據按。舉股一起一坐。那話沒稜露腦。約一二百回。初時澀滯。次後淫水浸出。稍沾滑落。西門慶由着他掇弄。只是不理。婦人情不能當。以舌親於西門慶口中。兩手摟着他脖項。極力揉搓。左右偎擦。麈柄盡沒至根。止剩二卵在外。用手摸之。美不可言。淫水隨拭隨出。比三鼓凢五換巾帕。婦人一連丟了兩次。西門慶只是不泄。龜頭越發脹的。色若紫肝。橫觔皆現。猶如火熱一回。害箍脹的慌。令婦人把根下帶子去了。還發脹不已。令婦人用口吮之。這婦人扒伏在他身上。用朱唇吞裹其龜頭。只顧往來不已。又勒勾約一頓飯時。那管中之精。猛然一股。邀將出來。猶水銀之瀉筒中相似。忙用口接嚥不及。只顧流將起來。初時還是精液。往後盡是血水出來。再無个收救。西門慶已昏迷去。四肢不收。婦人也慌了。急取紅棗與他吃下去。精盡繼之以血。血盡出其冷氣而已。良久方止。婦人慌做一團。便摟着西門慶問道。我的哥哥。你心里覺怎麼的。西門慶甦省了一回。方言我頭目森森然。莫知所以。你今日怎的流出恁許多來。更不說他用的藥多了。看官听說。一已精神有限。天下色慾無窮。又曰嗜慾深者。其天機淺。西門慶自知貪淫樂色，更不知油枯燈盡，髓竭人亡。原來這女色坑陷得人有成時，必有敗，古人有幾句格言，道得好：

花面金剛，玉體魔王，綺羅粧做豺狼，法場斗帳，獄牢牙床，柳眉刀，星眼劍，絳脣鎗，口美舌香，蛇蝎心腸，共他者無不遭殃。纖塵入水，片雪投湯，秦楚強，吳越壯，爲他亡，早知色是傷人劍，殺盡世人人不防。

二八佳人體似酥，腰間仗劍斬愚夫，
雖然不見人頭落，暗里教君骨髓枯。

一宿晚景題過，到次日清早辰，西門慶起來梳頭，忽然一陣昏暈起來，望前一頭搶將去，早被春梅雙手扶住，不曾跌着磕傷了頭臉。在椅子上坐了半日，方纔回過來，慌的金蓮連忙問道：只怕你空心虛弱。且坐着吃些甚麼兒着。出去也不遲。一面使秋菊後邊取粥來。與你爹吃。那秋菊走到後邊厨下。問雪娥熬的粥怎麼了。爹如此這般。今早起來害頭暈。跌了一交。如今要吃粥哩。不想被月娘听見。叫了秋菊。問其端的。秋菊悉把西門慶梳頭。頭暈跌倒之事。告訴一遍。月娘不听便罷。听了魂飛天外。魄散九霄。一面分付雪娥。快熬粥。一面走來金蓮房中看視。見西門慶坐在椅子上。問道。你今日怎的頭暈。西門慶道我不知怎的。剛纔就頭暈起來。金蓮道早時我和春梅在根前扶住了。不然。好輕身子兒。這一交和你善哩。月娘道。敢是你昨日來家晚了。酒多了頭沉。金蓮道。昨日往誰家吃酒。這咱晚纔來。月娘道。他昨日和他二舅在鋪子里吃酒來。不一時雪娥熬了粥。教秋菊拿着。打發西門慶吃。那西門慶拏起粥來。只吃了半甌兒懶待吃、就放下了。月娘道。你心里覺怎的。西門慶道。我不怎麼只是身子虛飄飄的。懶待動旦。月娘道你今日不往衙門中去罷。西門慶道我不去了。消一回。我往前邊看着姐夫寫了帖兒發帖兒去。十五日請周菊軒。荊南崗。何大人。他每衆官客吃酒。月娘道。你今日還沒吃藥。取妳來。把那藥你再吃上一服。是你連日張羅的。你有着辛苦勞碌了。一面教春梅問如意兒。唧了妳來。用盞兒盛着。教西門慶吃了藥。起身往前邊去。春梅扶着。剛走到花园角門首。覺眼便黑了。身子晃晃蕩蕩。做不的主兒。只要倒。春梅又扶回来了。月娘道。依我且歇兩日兒。請人也罷了。那里在乎這一時上。今日在屋里。將息兩日兒。不出去罷。因說你心里要吃甚麽。我往後邊。教丫鬟做來與你吃。西門慶道。我心里不想吃。月娘到後邊。從新又審問金蓮。他昨日來家不醉。再没曾吃酒。與你行甚麽事。那金蓮听了。恨不的生出幾個口來。說一千個没有。姐姐你没的說。他那咱晚来了。醉的行禮兒也不顧的。還問我要燒酒吃。教我拏茶當酒與他吃。只說没了酒。好好打發他睡了。自從姐姐那等說了。誰和他有甚事来。倒没的羞人子剌剌的。倒只怕外邊別處有了事來。俺每不知道。若說家里。可是没絲毫事兒。月娘一面和玉樓。都坐在一處叫了玳安琴童兩個到根前。軫問他。你爹昨日在那里吃酒來。你實說便罷。不然有一差二錯。就在你這兩個囚根子身上。那玳安咬定牙。只說獅子街和二舅賁四吃酒。再没往那里去落後叫將吳二舅來問他。二舅道。姐夫只陪俺每吃了沒多大回酒。就起身往別處去了。這吳月娘听了。心中大怒。待二舅去了。把玳安琴童。儘力数罵了一頓。要打他二人。二人慌了。方纔說出。昨日在韓道國老婆家吃酒來。那潘金蓮得不的一声。就來了。說道。姐姐剛纔就埋怨起俺每來。正是冤殺旁人咲殺賊。俺每人人有面。樹樹有皮。姐姐那等說來。莫不俺每成日把這件事放在頭里。又道。姐姐你再問這兩個囚根子。前日你往何千戶家吃酒。他爹也是那咱時分纔來。不知在誰家來。誰家一個拜年拜到那咱晚。玳安又生恐琴童說出來。隱瞞不住。遂把私通林太太之事具說一遍。月娘方纔信了。說道。嗔道教我拏帖兒請他。我還說人生面不熟。他不肯來。怎知和他有連手。我說

聯經出版事業公司 景印版

恁大年紀。描眉畫鬢兒的。搽的那臉。倒相膩抹兒抹的一般。乾淨。是個老浪貨。玉樓道。姐姐沒見一個兒子也長恁大大兒大婦。還幹這個營生。忍不住嫁了個漢子。金蓮道。那老淫婦有甚麽廉恥。也休要出這個醜。月娘道。我說只怕他不來。誰想他浪攡着來了。金蓮道。這個姐姐纔顯出個皂白來了。相韓道國家這這個淫婦。姐姐還嗔我罵他罷。乾淨一家子都養漢。是个明王八。把個王八花子也裁派將來。早晚好做勾使鬼。月娘道。王三官兒娘。你還罵他老淫婦。他說你從小兒在他家使喚來。那金蓮不听便罷。听了把臉羞耳朶帶脖子紅了。便罵道。汗邪了那賊老淫婦。我平白在他家做甚麽。還是我姨娘在他家緊隔壁住。他家有個花園。俺每小時在俺姨娘家住。常道去和他家伴姑兒要去。就說我在他家來。我認的他甚麽。是个張眼露睛的老淫婦。月娘道。你看那嚮頭子。人和你說話。你罵他。那金蓮一声兒就不言語了。月娘主張雪娥做了些水角兒。拿了前邊與西門慶吃。正走到儀門首。只見平安兒逕直往花園中走。被月娘叫住問道。你做甚麽。平安兒道。李銘叫了四個唱的十五日擺酒用。來回話。問擺的成擺不成。我說還發帖兒哩。他不信教我進來稟爹。月娘罵道。怪賊奴才。還擺甚麽酒。問甚麽。還不回那王八去哩。還來稟爹娘哩。把平安兒罵的。往娘金命水命去投無命。月娘走到金蓮房中。看着西門慶。只吃了三四个水角兒。就不吃了。因說道。李銘來回唱的。教我回倒他。酒且擺不成。收了日子了。他去了。西門慶點頭兒。西門慶自知一兩日好些出來。誰知過了一夜。到次日下邊虛陽腫脹。不便處發出紅暈來了。連腎囊都腫的明滴溜如茄子大。但溺尿。尿管中猶如刀子犁的一般。溺一遭疼一遭。外邊排軍伴當俻下馬伺候。還等西門慶。往衙門里大發放。不想又添出這樣症候來。月娘道你依我拏帖兒回了何大人。在家調理兩日兒不去罷。你身子恁虛弱。趂早使小廝。請了任醫官教瞧瞧你。吃他兩貼藥過來。休要只顧耽着不當事。你惹大的身量。兩日通沒大好吃甚麼兒如何禁的。那西門慶。只是不肯吐口兒請太醫。只說我不妨事。過兩日兒好了。我還出去。雖故差人拏帖兒。送假牌往衙門里去。在床上睡着。只是急躁没好氣。應伯爵打听得知。走來看他。西門慶請至金蓮房中坐的。伯爵声喏道。前日打攪哥。不知哥哥心中不好。眞道花大舅那里不去。西門慶道。我心中若好時。我去了。不知怎的懶待動彈。伯爵道哥。你如今心內怎樣的。西門慶道。不怎的。只是有些頭暈。起來身子軟。走不的。伯爵道。我見你面容發紅色。只怕是火。教人看來不曾。西門慶道。房下說請任后溪來看我。我說又沒甚大病。怎好請他的。伯爵道。哥你這个就差了。還請他來看看。怎的說。吃兩貼藥散開這火。就好了。春氣起人。都是這等痰火舉發舉發。昨日李銘撞見我。說你使他唱唱的。今日請人擺酒。說你心中不好。改了日子。把我諕了一跳。教我今日早來看看哥。西門慶道。我今日連衙門中拜牌也沒去。送假牌去了。伯爵道。可知去不的。大調理两个日兒出門。吃畢茶。道我去罷。再來看哥。李桂姐會了吳銀兒也要來看你哩。西門慶道。你吃了飯去。伯爵道。我一些不吃。揚長出去了。西門慶於是使琴童兒。往門外請了任醫官來。進房中診了脉。說道。老先生此貴恙。乃虛火上炎。腎水下竭。不能既濟。乃是脫陽之症。須是補其陰虛。方纔好得。封了五星銀子。討將藥來吃了。止住了頭暈。身子依舊還軟。起不來。下邊腎囊越發腫痛。溺尿甚難。說畢作辭起身去了。到後晌時分。李桂姐吳銀兒坐轎子來看。每人兩個盒子。一盒菓餡餅兒。一盒玫瑰金餅。一副蹄。兩隻燒鴨。進房與西門慶磕頭。說道。爹怎的心里不自在。西門慶道。你姐兒兩個自恁來看看便了。如何又費心買禮兒。因說道。我今年不知怎的痰火發的重些。桂姐道。還是爹這節間酒吃的多了。清潔他兩日兒就好了。坐了一回。走去李瓶兒那邊屋裏。與月娘衆人見節。請到後邊。擺茶畢。又走來前邊。陪西門慶坐的說話兒。只見伯爵又陪了謝希大。常時節來望。西門慶教玉簫攙扶他起來坐的。留他三人在房內。放卓兒吃酒。謝希大道。哥用了些粥不曾。玉簫把頭扭着不答應。西門慶道。我還沒吃粥。嚥不下去。希大道。拏粥等俺每陪哥吃些粥兒。還好。不一時拿將粥來。玉簫拏盞兒伺候。衆人陪着吃點心下飯。西門慶拿起粥來。只扒了半盞兒。就不吃下去。月娘和李桂姐吳銀兒。都在李瓶兒那邊坐的管待。伯爵問道。李桂姐與銀姐來了。怎的不見。西門慶道。在那邊坐的。伯爵因令來安兒。你請過來唱一套兒與你爹听。那吳月娘恐怕西門慶不耐煩。攔着只說吃酒哩。不教過來。衆人吃了一回酒。說道。哥。你陪着俺每坐只怕勞碌着你。俺每去了。你自然側側兒罷。西門慶道。起動列位掛心。三人於是作辭去了。應伯爵走出小院門。叫玳安過來分付。你對你大娘說。你就說應二爹說來。你爹面上變色。有些滯氣不好。早尋人看他。大街上胡太醫最治的好痰火。何不使人請他看看。休要躭遲了。玳安不敢怠慢。走來告訴月娘。月娘慌進房來。對西門慶說。方纔應二哥對小廝說。大街上胡太醫。看的痰火。你何不請他來看看你。西門慶道。胡太醫前番看李大姐不濟。又請他。月娘道。藥醫不死病。佛度有緣人。看他不濟只怕有緣吃了他的藥兒好了是的。西門慶道。也罷。你請他去。不一時使棋童兒請了胡太醫來。適有吳大舅來看。陪他到房中看了脈。對吳大舅。陳經濟說。老爹是個下部蘊毒。若久而不治。卒成溺血淋之疾。乃是忍便行房。又封了五星藥金。討將藥來。吃下去。如石沉大海一般。反溺不出來。月娘慌了。打發桂姐吳銀兒去了。又請何老人兒子。何春泉來看。又說是癃閉便毒一團膀胱邪火。趕到這邊下來。四肢經絡中。又有濕痰流聚。以致心腎不交。封了五錢藥金。討將藥來。越發弄的虛陽舉發。塵柄如鐵。晝夜不倒。潘金蓮晚夕不知好反。還騎在他上邊。倒澆燭掇弄。死而復甦者數次。到次日何千戶要來望。先使人來說。月娘便對西門慶道。何大人便來看你。我扶你往後邊去罷。這邊隔二偏三。不是个待人的。那西門慶點頭兒。於是月娘替他穿上煖衣。同金蓮肩搭攙扶着。往離了金蓮房。往後邊上房鋪下被褥高枕。安頓他在明間炕上坐的。房中收拾乾淨。焚下香。

不一時何千戶來到。陳經濟請他到於後邊臥房。看見西門慶。坐在病榻上。說道長官。我不敢作揖。因問貴恙覺好些。西門慶告訴。上邊火倒退下了。只是下卵腫毒。當不的。何千戶道。此係便毒。我學生有一相識。在東昌府探親。昨日新到舍下。有一封書下。乃是山西汾州人氏。姓劉號橘齋。年半百。極看的好瘡毒。我就使人請他來看看長官貴恙。西門慶道。多承長官費心。我這里就差人請去。何千戶吃畢茶。說道。長官你耐煩保重。衙門中事。我每日委荅應的。遞事件與你。不消掛意。西門慶舉手道只是有勞長官了。作辞出門。西門慶這里。隨即差玳安拏帖兒同何家人請了這劉橘齋來。看了脉。并不便處。連忙上了藥。又封一貼煎藥來。西門慶荅賀了一疋杭州絹。一兩銀了。吃了他頭一盞藥。還不見動靜。那日不想鄭愛月兒。送了一盒鴿子雛兒。一盒菓餅頂皮酥。坐轎子來看西門慶。進門花枝招颭。綉帶飄飄。與西門慶磕着頭。說道。不知道爹不好。桂姐和銀姐好人兒不對我說声兒。兩個就先來了。看的爹遲了。休怪。西門慶道。不進。又起動你媽費心。又買禮來。愛月兒咲道。甚麽大禮。惶恐的要不的。因說爹清减的恁樣的。每日飲饌也用些兒。月娘道。用的倒好了。吃不多兒。今日早辰。只吃了些粥湯兒。還没些吃甚麽兒。劉繞太醫看了去了。愛月兒道娘。你分付姐。把鴿子雛兒。頓爛一個兒來。等我勸爹。進些粥兒。你老人家不吃。恁惹大身量。一家子金山也似靠着你。却怎麽樣兒的。月娘道。他只害心口内攔着吃不下去。愛月兒道。爹你依我說。把這飲饌兒逐日就懶待吃。須也強強吃些〻兒。怕怎的。人無根本。水食爲命。終須但用的有枉擮些〻兒。不然越發淘淥的身子空虛了。不一時頓爛了鴿子雛兒。小玉拿粥上來。十香甜醬瓜茄粳粟米粥兒。這鄭月兒跳上炕去。用盞兒托着。跪在西門慶身邊。一口口喂他。強打着精神。只吃了上半盞兒。揀了兩筯兒鴿子雛兒在口內。就搖頭兒不吃了。愛月兒道。一來也是藥。二來還虧我勸爹。却怎的也進了些〻飲饌兒。玉簫道。爹每常也吃。不似今日。月姐來勸着吃的多些〻。月娘一面擺茶。與愛月兒吃。臨晚管待酒饌。與了他五錢銀子。打發他家去。愛月兒臨出門。又與西門慶磕頭說道。爹你耐心兒將息兩日兒。我再來看你。比及到晚夕。西門慶又吃了劉橋齋第二貼藥。遍身痛。叫喚了一夜。到五更時分。

那不便腎囊腫脹破了、流了一灘鮮血。龜頭上。又生出疳瘡來。流黃水不止。西門慶不覺昏迷過去。月娘衆人慌了。都守着看視。見吃藥不効。一面請了劉婆子。在前邊捲棚內。與西門慶點人燈跳神。一面又使小廝往周守備家內。訪問吳神仙在那里。請他來看西門慶。他原相他今年有嘔血流膿之灾。骨瘦形衰之病。賁四說。也不消問周老爹宅內去。如今吳神仙見在門外。土地廟前。出着個卦肆兒。又行醫。又賣卦。人請他不爭利物。就去看治。月娘連忙就使琴童把這吳神仙請將來。進房看了西門慶。不似往時。形容消減。病體懨懨。勒着手帕。在於卧榻。先胗了脉息。說道。官人乃是酒色過度。腎水竭虛。是太極邪火聚於慾海。病在膏肓。難以治療。吾有詩八句。說與你听。只因他

醉飽行房戀女娥　精神血脉暗消磨
遺精溺血流白濁　燈盡油乾腎水枯
當時祗恨歡娛少　今日翻爲疾病多
玉山自倒非人力　總是盧醫怎奈何

月娘見他治不的了。說道。既下藥不好。先生看他命運如何。吳神仙掐指尋紋。打筭西門慶八字。說道。屬虎的丙寅年。戊申月壬午日。丙辰時。今年戊戌流年。三十三歲。筭命見行癸亥運。雖然是火土傷官。今年戊土來尅壬水。歲傷旱。正月又是戊寅月三戊冲辰。怎麽當的。雖發財發福。難保壽源。有四句斷語。不好說道。

命犯災星必主低　身輕煞重有灾危

時日若逢真太歲　就是神仙也縐眉

月娘道。命中既不好。先生你替他演演禽星如何。這吳神仙鋪下禽遁干支。他說道

心月狐狸角木蛟　絳幃深處不相饒
常在月宮飛玉露　慣從月下奪金標
樂處化為真雞子　死時還想爛甜桃
天罡地煞皆無救　就是王禪也徒勞

月娘道。禽上不好。請先生替我圓圓夢罷。神仙道。請娘子說來貧道圓。月娘道。我夢見大厦將頹。紅衣罩體。攧折碧玉簪。跌破了菱花鏡。神仙道。娘子莫怪我說。大厦將頹。夫君有厄。紅衣罩體。孝服臨身。攧折了碧玉簪。姊妹一時失散。跌破了菱花鏡。夫

妻指日分離。此夢猶然不好不好。月娘道。問先生有解麼。神仙道。白虎當頭攔路。喪門魁在生災。神仙也無解。太歲也難推。造物已定。神鬼莫移。月娘見命中無有救星。於是拏了一疋布。謝了神仙。打發出門不在話下。正是

卦裡陰陽仔細尋　無端閑事莫閑心
平生作善天加慶　心不欺貧禍不侵

月娘見求神問卜。皆有凶無吉。心中慌了。到晚夕天井內焚香。對天發願。許下兒夫好了。要往泰安州頂上與娘娘進香掛袍三年。孟玉樓又許下逢七拜斗。獨金蓮與李嬌兒不許願心。西門慶自覺身體沉重。要便發昏過去。眼前看見花子虛武大在他根前站立。問他討債。又不肯告人說。只教人厮守着他。見月

娘不在根前。一手拉着潘金蓮。心中捨不的他。滿眼落淚。說道我的冤家。我死後。你姊妹們好好守着我的靈。休要失散了。那金蓮亦悲不自勝。說道。我的哥哥。只怕人不肯容我。西門慶道等他來。等我和他說。不一時吳月娘進來。見他二人哭的眼紅紅的。便道我的哥哥。你有甚話對奴說。幾句兒。也是奴和你做夫妻一場。西門慶听了。不覺哽咽。哭不出聲來。說道。我覺自家好生不濟。有兩句遺言和你說。我死後你若生下一男半女。你姊妹好姑生待着。一處居住。休要失散了。惹人家笑話。指着金蓮說。六兒他從前的事你躭待他罷。說畢。那月娘不覺桃花臉上。滾下珍珠來。放聲大哭。悲慟不止。西門慶道。你休哭。听我囑付你。有駐馬听為証賢妻休悲。我有衷情告你知。妻你腹中是男是女。養下來看大成人。守我的家私。三賢九烈要貞心。一妻四妾攜帶着住。彼此光輝光輝。我死在九泉之下口眼皆閉。

月娘听了。亦回答道。

多謝兒夫遺後良言教道。奴夫我本女流之輩。四德三從。與你那樣夫妻。平生作事不模糊。守貞肯把夫名污。生死同途同途。一鞍一馬不須分付。

囑付了吳月娘。又把陳經濟叫到根前說道。姐夫我養兒靠兒無兒靠婿。姐夫就是我的親兒一般。我若有些山高水低。你發送了我入土。好歹一家一計。幫扶着你娘兒們過日子。休要教人哄話。又分付我死後。段子鋪是五萬銀子本錢。有你喬親家爹。那邊多少本利。都找與他。教傅夥計把貨賣一宗交一宗休要開了。賁四絨線鋪。本銀六千五百兩。吳二舅紬絨鋪。是五千兩。都賣盡了貨物。收了來家。又李三討了批來。也不消做了。教你應二叔拏了別人家做去罷。李三黃四身上。還欠五百兩本錢。一百五十兩利錢未筭。討來發送我。你只和傅夥計。守着家門。這兩個鋪子罷。段子鋪占用銀二萬兩。生藥鋪五千兩。韓夥計來保。松江船上四千兩。開了河。你早起身往下邊接船去。接了來家。賣了銀子。交進來。你娘兒們盤纏。前邊劉學官。還少我二百兩。華主簿。少我五十兩。門外徐四鋪內。還本利欠我三百四十兩。都有合同見在。上緊使人催去。到日后對門并獅子街兩處房子。都賣了罷。只怕你娘兒們顧攬不過來。說畢。哽哽咽咽咽的哭了。陳經濟道。爹囑付兒子。都知道了。不一時打夥兒傳夥計。甘夥計。吳二舅。賁四。崔本。都進來看視問安。西門慶。一一都分付了一遍。衆人都道。你老人家寬心。不妨事。見一日來問安看者。也有許多。見西門慶不好的沉重。皆嗟嘆而去。過了兩日。月娘痴心只指望西門慶還好。誰知天数造定。三十三歲而去。到於正月二十一日。五更時分。相火燒身。變出風來。聲若牛吼一般。喘息了半夜。捱到早辰。巳牌時分。嗚呼哀哉。斷氣身下。正是三寸氣千般用。一日無常萬事休。古人有幾句格言說得好

為人多積善。不可多積財。積善成好人。積財惹禍胎。石崇當日富。難免殺身灾。鄧通飢餓死。錢山何用哉。今日非古比。心

地不明白只說積財好反笑積善呆多少有錢者臨了沒棺林

原來西門慶一倒頭棺材尚未曾預備慌的吳月娘叫了吳二舅與賁四到根前開了廂子拏出四定元寶教他兩個看材板去剛打發去了不防月娘一陣就害肚里疼急撲進去看床上倒下就昏運不省人事孟玉樓與潘金蓮孫雪娥都在那邊屋里七手八脚替西門慶戴唐巾裝柳穿衣服忽听見小玉來說俺娘跌倒在床上慌的玉楼李嬌兒就來問視月娘手按着害肚内疼就知道决撒了玉楼教李嬌兒守着月娘他便就使小厮快請蔡老娘去李嬌兒又使玉筲前邊教如意兒來了比及玉楼囘到里面屋里不見李嬌兒原來李嬌兒趕月娘昏沉房

內無人。箱子開着。悄悄拏了五定元寶往他屋裏去了。手中拏將一搭紙見了玉樓。只說尋不見草紙。我往房里取草紙去來。那玉樓也不徐顧。且守看月娘。拏楊子伺候。見月娘看看疼的緊了。不一時蔡老娘到了。登時生下一個孩兒來。這屋裏裝柳西門慶停當。口內纔沒了氣兒。合家大小。放聲號哭起來。蔡老娘收褁孩兒剪去臍帶煎定心湯。與月娘吃了。扶月娘煖炕上坐的。月娘與了蔡老娘三兩銀子。蔡老娘嫌少。說道養那位哥兒賞了我多少。還與我多少便了。休說這位哥兒是大娘生養的。月娘道。比不的那時。有當家的老爹在此。如今沒了老爹。將就收了罷。待洗三來。再與你一兩就是了。那蔡老娘道還賞我一套衣服兒罷。拜謝去了。月娘甦省過來。看見廂子大開着。便罵玉箫賊臭肉。我便昏了。你也昏了。廂子大開着。恁亂烘烘人走。就不說鎖鎖兒。玉箫道我只說娘鎖了廂子。就不曾看見。於是取鎖來掐。玉樓見月娘多心。就不肯在他屋里。走出對着金蓮說。原來大姐姐恁樣的死了漢子頭一日就防範起人來了。妹不知李嬌兒巳偷了五定元寶。往屋里去了。當下吳二舅。賁四。往尚推官家買了一付棺材板來。敎匠人解鋸成槨。衆小廝把西門慶。抬出停當。在大廳上。請了陰陽徐先生來批書。不一時。吳大舅也來了。吳二舅衆夥計。都在前廳熱亂。收燈捲畫。盖上紙被設放香燈几席。來安兒專一打聲。徐先生看了手說道。正辰時斷氣。合家都不犯凶煞。請問月娘。三日大殮。擇二月十六日破土出殯。也有四七多日子。一面管待徐先生去了。差人各處報喪交牌印往何千戶家去家中破孝搭棚俱不必細說到三日請僧人念倒頭經挑出紙錢去合家大小都披蔴帶孝女婿陳經濟斬衰治杖灵前還礼月娘在暗房中出不來李嬌兒與玉樓陪侍堂客潘金蓮管理庫房收祭桌孫雪娥率領家人媳婦在厨下打發各項人茶飯傅夥計吳二舅管帳賁四管孝帳來興管厨吳大舅與甘夥計陪待人客蔡老娘來洗了三次月娘與了一套紬子衣裳打發去了就把孩子改名叫孝哥兒未免送些喜麵親隣與衆街坊隣舍都說西門慶大官人正頭娘子生了一個墓生兒子就與老頭同日同時一頭斷氣一頭生了個兒子世間少有蹺蹊古恠事不說衆人理亂這庄事

且說應伯爵聞知西門慶沒了走來吊孝哭泣哭了一回吳大

舅二舅正在捲棚內看着與西門慶傳影伯爵走來與衆人見礼說道可傷做夢不知哥没了要請月娘出來拜見吳大舅便說舍妹暗房出不來如此這般就是同日添了個娃兒伯爵愕然道有這等事也罷也罷哥有了個後代這家當有了主兒了落後陳經濟穿着一身重孝走來與伯爵磕頭伯爵道姐夫姐夫煩惱你爹没了你娘兒們是死水兒了家中凡事要你仔細有事不可自專請問你二位老舅主張不該我說你年幼事體上還不大十分歷練吳大舅道二哥你没的說我也有公事不得閑見有他娘在伯爵道好大舅雖故有嫂子外邊事怎麽理的還是老舅主張自古没舅不生没舅不長一個親娘舅比不的別人你老人家就是個都根主兒再有誰大如你老人家

的。因問道有了發引的日期。吳大舅道。擇在二月十六日破土。三十日出殯。也在四七之外。不一時徐先生來到。祭告入殮。將西門慶裝入棺材內。用長命丁釘了。安放停當。題了名旌。誥封武略將軍西門公之柩。那日何千戶來吊孝。靈前拜畢。吳大舅與伯爵陪侍吃茶。問了發引的日期。何千戶分付手下該班排軍。答應的。一個也不許動。都在這里伺候。直過發引之後。方製回衙門當差。委兩名節級管領。如有違悮。呈來重治。又對吳大舅道。如有外邊人。拖欠銀兩不還者。老舅只顧說來。學生即行追治。吊孝畢。到衙門里。一面行文開鈌。申報東京本衛去了。話分兩頭。却說來爵。春鴻。同李三。一日到兖州察院。投下了書禮。宋御史見西門慶書上。要討古器批文一節。說道。你早來一步便好。昨日已都派下各府買辦去了。尋思間。又見西門慶書中。封着金葉十兩。又不好違阻了的。須得留下春鴻來爵李三在公廨駐劄。隨即差快手拏牌。趕回東平府批文來。封回與春鴻書中。又與了一兩路費。方取路回清河縣。往返十日光景。走進城。就聞得路上人說。西門大官人死了。今日三日。家中念經做齋哩。這李三就心生奸計。路上說念來爵春鴻。將此批文按下。說宋老爹没與來。咱每都投到大街張二官府。那里去罷。你二人不去。我與你每人十兩銀子。到家隱住。不拏出來。就是了。那來爵見財物。倒也肯了。只春鴻些不肯。口里含糊應諾。到家見門首。挑着紙錢。僧人做道場。親朋弔喪者。不計其數。這李三就分路回家去了。來爵春鴻。見吳大舅陳經濟磕了頭。問討的批文如何。怎的李三不來。那來爵還不言語。這春鴻把宋御史書連批。都拏出來。遞與大舅。悉把李三路上。與的十兩銀子。說的言語。如此這般。教他隱下休拏出來。同他投往張二官家去。小的怎敢忘恩背義。敬奔家來。吳大舅一面走到後邊。告訴月娘。這個小的兒。就是個有恩的。叵耐李三這廝短命。見姐夫沒了幾日。就這等壞心。因把這件事。對應伯爵說。李智黃四。借契上本利還欠六百五十兩銀子。趂着剛纔何大人分付。把這件寫紙狀子。呈到衙門里。教他替俺追追。這銀子出來。發送姐夫。他同寮間。自恁要做分上。這些事兒莫肯不依。伯爵慌了。說道。李三却不該行此事。老舅快休動意。等我和他說罷。於是走到李三家。請了黃四來。一處計較。說道。你不該先把銀子遞與小厮。倒做了骨手。狐狸打不成。倒惹了一屁股腰。他如今恁般恁般。要拏文書提刑所告你每哩。常言道。官官相護。何况又同僚之間。費恁難事。你等原抵開的過他。依我。不如此如此這般這般。悄悄送上二十两銀子與吳大舅。只當兖州府幹了事來了。我聽得說。這宗錢粮。他家已是不做了。把這批文難得掣出來。咱投張二官那里去罷。你每二人。再奏得二百两。少了也拏不出來。再備辦一張祭桌。一者祭奠大官人。二者交這銀子與他。另立一紙欠結。你往後有了買賣。慢慢還他。就是了。這個一舉而两得。又不失了人情。有個始終。黄四道。你說的是。李三哥。你幹事忒慌速些了。真個到晚夕。黄四同伯爵。送了二十两銀子。到吳大舅家。如此這般。討批文一節。累老舅張主張主。這吳大舅已聽他妹子說。不做錢粮。何况又黑眼見了白晃晃銀子。如何不應承。於是收了銀子。到次日李智黃四。備了一張揷桌。猪首三牲。二百兩銀子。來與西門慶祭奠。吳大舅對月娘說了。拏出舊文書。從新另立了四百兩一紙欠帖。饒了他五十兩。余者教他做上買賣。陸續交還。把批文交付與伯爵手內。同徃張二官處合夥。上納錢粮去了。不在話下。正是金逢火煉方知色。人與財交便見心。有詩為証

造物於人莫強求　勸君凡事把心收

你今貪得收人業　還有收人在後頭

畢竟未知後來如何。且聽下回分解。

第八十回　潘金蓮售色赴東床

李嬌兒盜財歸麗院

第八十回

陳經濟竊玉偷香　李嬌兒盜財歸院

詩曰

寺廢僧居少　橋塔客過稀
家貧奴婢懶　官滿吏民欺
水淺魚難住　林踈鳥不棲
世情看冷煖　人面逐高低

此八句詩。單說着這世態炎涼。人心冷煖。可嘆之甚也。西門慶死了。首七光景。玉皇廟吳道官受齋在家。攢念二七經。不題。却說那日報恩寺朗僧官十六衆僧人做水陸。有喬大戶家上祭。這應伯爵約會了齋祀中先位朋友頭一個是應伯爵。第二個謝希大。第三個花子油。第四個祝日念。第五個孫天化。第六個常時節。第七個白來創。七人坐在一處。伯爵先開說道。大官人沒了。今二七光景。你我相交一場。當時也曾吃過他的。也曾用過他的。也曾使過他的。也曾借過他的。也曾嚼他過的。今日他沒了。莫非推不知道。洒土也瞇了後人眼睛兒也。他就到五閻王根前也不饒你我了。你我如今這等計較每人各出一錢銀子。七人共奏上七錢。使一錢六分。連花兒買上一張卓面。五碗湯飯。五碟菓子。使了一錢一付三牲。使了一錢五分一瓶酒。使了五分一盤冥紙香燭。使了二錢買一錢軸子。再求水先生作一篇祭文。使一錢二分銀子。顧人抬了去。大官人靈前衆人祭奠了。咱還便益。又討了。他值七分銀一條孝絹。拏到家做裙腰子他莫不白放咱每出來咱還吃他一陣。到明日出殯山頭饒飽飡一頓。每人還得他半張靠山卓面來家。與老婆孩子吃着兩三日買燒餅錢這個好不好。衆人都道。哥說的是。當下每人湊出銀子來。交與伯爵整理。備祭物停當。買了軸子。央門外人水秀才做了祭文。這水秀才平昔知道應伯爵這起人。與西門慶。乃小人之朋。於是包含着里面作就一篇祭文。登軸停當把祭祀抬到西門慶灵前擺下。陳經濟穿孝在旁還礼。伯爵爲首。各人上了香。人人都粗俗那里曉的其中滋味。澆了奠酒。只顧把祝文來宣念。其文畧曰

維重和元年。歲戊戌二月戊子朔。越初三日庚寅。侍生應伯爵謝希大花子油祝日念孫天化常時節白來創。謹以清酌

羨羞之奠。致祭于

故錦衣西門大官人之灵曰。維灵生前梗直。秉性堅剛。軟的不怕硬的不降。常濟人以點水。容人以瀝露。助人精光。囊篋頗厚。氣槩軒昂。逢藥而舉。遇陰伏降。錦襠隊中居住。圍天庫裏收藏。有八角而不用撓摑。逢虱蟣而騷痒難當。受恩小子。常在胯下隨幫。也曾在章臺而宿柳。也曾在謝館而猖狂。正宜撐頭活腦。久戰熬場。胡何一疾不起之殃。見今你便長伸着脚子去了。丟下子如班鳩跌彈。倚靠何方。難上他烟花之寨。難靠他八字紅墻。再不得同席而偎軟玉。再不得並馬而傍温香。撇的人垂頭跌脚。閃得人囊温郎當。今特奠茲白濁。次獻寸觴。灵其不昧。來格來歆尚享衆人祭畢。陳經濟下來還礼。請去捲棚内。三湯五割。管待出門。
那日院中李家虔婆。聽見西門慶死了。鋪謀定計。俻了一張祭
卓。使了李桂卿。李桂姐。坐轎子來上紙弔問。月娘不出來。都是
李嬌兒孟玉樓在上房管待。李家桂卿桂姐。悄悄對李嬌兒説
俺媽説。人已是死了。你我院中人。守不的這樣貞節。自古千里
長棚沒個不散的筵席。教你手里有東西。悄悄教李銘稍了家
去防後。你還恁傻。常言道揚州雖好。不是久戀之家。不拘多少
時。也少不的離他家門。那李嬌兒聽記在心。不想那日韓道國
妻王六兒。亦俻了張祭卓。喬素打扮。坐轎子來。與西門慶燒紙。
在灵前擺下祭祀。只顧貼着。貼了半日。白沒個人兒出來陪待。
原來西門慶死了。首七時分。就把王經打發家去不用了。小廝

每見王六兒來都不敢進去說那來安兒不知就裡到月娘房
里向月娘說韓大嬸來與爹上紙在前邊跕了一日了大舅使
我來對娘說這吳月娘心中還氣忿不過便喝罵道怪賊奴才
不與我走還來甚麼韓大嬸毬大嬸賊狗攮的養漢的淫婦把
人家弄家敗人亡父南子北夫逃妻散的還來上甚麼毬紙一
頓罵的來安兒摸門不着來到灵前吳大舅問道對後邊說了
不曾來安兒把嘴各都着不言語問了半日再說娘稍出四馬
兒來了這吳大舅連忙進去對月娘說姐姐你怎麼這等的快
休要舒口自古人惡禮不惡他男子漢領着咱惹多的本錢你
如何這等待人好名兒難得快休如此你就不出去教二姐姐
三姐姐好好待他出去也是一般做甚麼恁樣的教人說你不

是。那月娘見他哥這等說。纔不言語了。良久孟玉樓還了禮。陪他在灵前坐的。只吃一鍾茶。婦人也有些些省臉。就坐不住。隨即告辭起身去了。正是

誰人汲得西江水　難洗今朝一面羞

那李桂卿。桂姐。吳銀兒。都在上房坐着。見月娘駡韓道國老婆。淫婦長。淫婦短。砍一枝。損百株。兩個就有些些坐不住。未到日落。就要家去。月娘再三留他姐兒兩個。晚夕夥計每伴。你每看了提偶的。明日去罷。留了半日。只桂姐銀姐不去了。只打發他姐姐桂卿家去了。到了晚夕。僧人散了。果然有許多街坊夥計主管。喬大戶。吳大舅。吳二舅。沈姨夫。花子由應伯爵。謝希大常時節。也有二十余人。叫了一起偶戲。在大捲棚內。擺設酒席伴宿。

提演的是孫榮孫華殺狗勸夫戲文。堂客都在灵旁廝內。圍着幃屏。放下簾來。擺放卓席。朝外觀看。李銘吳惠。在這里答應。晚夕也不家去了。不一時衆人都到齊了。祭祀已畢。捲棚內點起燭來。安席坐下。打動鼓樂。戲文上開上開。直撅演到三更天氣。戲文方了。原來陳經濟。自從西門慶死後。無一日不和潘金蓮兩個嘲戲。或在灵前溜眼。帳子後調笑。至是趕人散一亂。中堂客都往後邊去了。小廝每都收家話。這金蓮趕眼錯。捏了經濟一把。說道。我兒。你娘今日可成就了你罷。趂大姐在後邊。咱要就往你屋里去罷。經濟听了。把不的一聲。先往屋里開門去了。婦人黑影里抽身。鑽入他房內。更不答話。解開裙子。仰卧在炕上。雙鳧飛肩。交陳經濟奸耍。正是色胆如天怕甚事。鴛幃雲雨

百軍情

二載相逢。一朝配偶。数年姻眷。一旦和諧。一個柳腰款擺。一個玉莖忙舒。耳邊訴雨意雲情。枕上說山盟海誓。鶯恣蝶採。旖妮搏弄百千般。狂雨羞雲。嬌媚施逞千萬態。一個低聲不住呌親親。一個摟抱未免呼達達。正是得多少柳色作翻新樣。綠花容不減舊時紅。

霎時雲雨了畢。婦人恐怕人來。連忙出房。往後邊去了。到次日這小廝兒。噴着這個甜頭兒。早辰走到金蓮房來。金蓮還在被窩里。未起來。從窓眼里。張看見婦人被擁紅雲。粉腮印玉。說道好管庫房的。這咱還不起來。今日喬親家爹來上祭。大娘分付教把昨日擺的李三黃四家那祭卓。收進來罷。你快些起來。且拏鑰匙出來與我。婦人連忙。教春梅拏鑰匙。與經濟。經濟。先教春梅樓上開門去了。婦人便從窗眼里。遞出舌頭。兩個咂了一回。正是得多少脂香滿口涎空嚥。甜唾融心溢肺肝。有詞為証

恨杜鵑聲透珠簾。心似針簽。情似膠粘。我則見咲臉腮窩愁粉黛瘦顯春纖。寶髻乱雲鬆翠鈿。睡顏酡。玉減紅添。檀口曾沾。到如今唇上猶香。想起來口內猶甜。

良久。春梅樓上開了門。經濟往前邊。看搬祭祀去了。不一時喬大戶家祭來擺下。喬大戶娘子。并喬大戶許多親眷。靈前祭畢。吳大舅二舅。甘夥計陪待請至捲棚管待。李銘吳惠彈唱那日鄭愛月兒家。也來上紙弔孝。月娘俱令玉樓。打發了孝裙束腰。後邊與堂客一處坐的。鄭愛月兒看見吳銀姐。李桂姐。都在這

里便嗔他兩個不對他說我若知道爹没了有個不來的你們好人兒就不會我會見去又見月娘生了孩兒說道娘一喜一憂惜乎只是爹去世太早了些兒你老人家有了主兒也不愁月娘俱打發了老留坐至晚方散到二月初三日西門慶二七玉皇廟吳道官十六個道衆在家念經做法事那日衙門中何千戶作創約會了劉薛二內相周守禦荊統制張團練雲指揮等數員武官合着上了一壇祭月娘這里請了喬大戶吳大舅應伯爵來陪侍李銘吳惠兩個小優兒彈唱捲棚管待去了俱不必細說到晚夕念經送亡月娘分付把李瓶兒靈床連影抬出去一把火焚之將廂籠都搬到上房內堆放奶子如意兒并迎春收在後邊答應把綉春與了李嬌兒房內使喚將李瓶兒

那邊房門。一把鎖鎖了。有怜正是画棟雕梁猶未乾。堂前不見痴心客。有詩爲証

襄王臺下水悠悠　一種相思兩把愁
月色不知人事改　夜深還到粉墻頭

那時李銘。日日假以孝堂助忙。暗暗教李嬌兒。偷轉東西。與他掖送到家。又來答應。常兩三夜不往家去。只瞞過月娘一人眼目。吳二舅又和李嬌兒舊有首尾。誰敢道個不字。初九日念了三七經月娘出了暗房。四七就沒曾念經。十二日陳經濟破了土回來。二十日早發引。也有許多冥器紙劄。送殯之人。終不似李瓶兒那時稠密。臨棺材出門。陳經濟摔盆扶柩。也請了報恩寺朗僧官起棺。坐在轎上。捧的高高的。念了幾句偈文。說西門

慶一生始末。道得好。

恭惟

故錦衣武畧將軍西門大官人之灵。伏以人生在世。如電光易滅。石火難消。落花無返樹之期。逝水絕歸源之路。你画堂綉閣。命盡有若風燈。極品高官。祿絕猶如作夢。黄金白玉。空爲禍患之資。紅粉輕裘。總是塵勞之費。妻奴無百載之歡。黑暗有千重之苦。一朝枕上。命掩黄泉。空榜揚虛假之名。黄土埋不堅之骨。田園百頃。其中被兒女爭奪。綾錦千廂。死後無寸絲之分。風火散時。無老少。溪山磨盡幾英雄。苦苦苦。氣化清風形歸土。三寸氣斷去弗、廻。改頭換面無遍數。詩曰

人生最苦是無常　個個臨終手脚忙

地水火風相逼迫　精神魂魄各飛揚
生前不解尋活路　死後知他去那廂
一切萬般將不去　赤條條的見閻王

朗僧官念畢偈文。陳經濟摔破紙盆。棺材起身。合家大小孝眷放聲號哭動天。吳月娘坐魂轎。後面眾堂客上轎。都圍隨材走逕出南門外五里。原祖塋安厝。陳經濟備了一疋尺頭。請雲指揮點了神主。陰陽徐先生下了葬。眾孝眷掩土畢。山頭祭桌。可怜通不上幾家。只是吳大舅。喬大戶。何千戶。沈姨夫。韓姨夫。與眾夥計五六處而已。吳道官還留下十二眾道童。回灵安於上房明間正寢。大小安灵。陰陽洒掃已畢。打發眾親戚出門。吳月娘等。不免伴夫灵守孝。一日。煖了墓回來。答應班上排軍節級。

各都告辭回衙門去了。西門慶五七。月娘請了薛姑子。王姑子。大師父十二衆尼僧。在家誦經禮懺。超度夫主生天。吳大妗子。并吳舜臣媳婦。都在家中相伴。原來出殯之時。李桂卿桂姐在山頭。悄悄對李嬌兒。如此這般。媽說你沒量。你手中沒甚細軟東西。不消只顧在他家了。你又沒兒女。守甚麼。教你一塲嚷亂登開了罷。昨日應二哥來說。如今大街坊張二官府。要破五百兩金銀。要你做二房娘子。當家理紀。你那里便圖出身。你在這里守到老死。也不怎麼。你我院中人家。棄舊迎新爲本。趨炎附勢爲强。不可錯過了時光。這李嬌兒听記在心。過了西門慶五七之後。因風吹火。用力不多。不想潘金蓮對孫雪娥說。出殯那日。在坟上看見李嬌兒與吳二舅。在花園小房內。兩個說話來。

春梅孝堂中。又親眼看見李嬌兒帳子後遞了一包東西與李
銘。揣在腰裡。轉了家去。嚷的月娘知道。把吳二舅罵了一頓。趕
去鋪子里做買賣。再不許進後邊來。分付門上平安。不許李銘
來往。這花娘惱羞變成怒。正尋不着這箇由頭兒哩。一日因月
娘在上房。和大妗子吃茶。請孟玉樓不請他。就惱了。與月娘兩
箇大嚷大鬧。拍着西門慶灵床子。哭哭啼啼叫叫嚎嚎。到半夜
三更。在房中要行上弔。丫鬟來報與月娘。月娘慌了。與大妗子
計議。請將李家虔婆來。要打發他歸院。虔婆生怕留下他衣服
頭面。說了幾句言語。我家人在你這里。做小伏低。頂缸受氣。好容
易就開交了罷。須得幾十兩遮羞錢。吳大舅居着官。又不敢張
主。相講了半日。教月娘把他房中衣服首飾廂籠床帳家活盡

與他。打發出門。只不與他元宵綉春兩個了鬟去。李嬌兒一心要這两個丫頭。月娘生死不與他。說道。你倒好買良爲娼。一句慌了鴇子。就不敢開言。變做笑吟吟臉兒。拜辭了月娘。李嬌兒坐轎子。抬的往家去了。看官听說。院中唱的。以賣俏爲活計。將脂粉作生涯。早辰張風流。晚此李浪子。前門進老子。後門接兒子。棄舊迎新。見錢眼開。自然之理。未到家中。趄打揪撏。燃香燒剪。走死哭嫁娶。到家改志從良。饒君千般貼戀。萬種牢籠。還鎖不住他心猿意馬。不是活時偷食抹嘴。就是死後嚷鬧離門。不拘幾時。還吃舊鍋粥去了。正是蛇入筒中曲性在。鳥出籠輕便飛騰有詩爲証

堪嘆烟花不久長　洞房夜夜換新郎

兩隻玉腕千人枕　一點朱唇萬客嘗

造就百般嬌艷態　生成一片假心腸

饒君總有牢籠計　難保臨時思故鄉

月娘於是打發李嬌兒出門。大哭了一塲。衆人都在旁勸解。潘金蓮道。姐姐罷。休煩惱了。常言道娶淫婦。養海青。食水不到想海東。這個都是他當初幹的營生。今日教大姐姐這等惹氣。家中正亂着。忽有平兒。來報巡塩蔡老爹來了。在廳上坐着哩。我說家老爹沒了。他問沒了幾時了。我回正月二十一日病故。到今過了五七。他問有灵沒灵。我回有灵在後邊供養着哩。他要來灵前拜拜。我來對娘說。月娘分付教你姐夫出去見他。不一時陳經濟穿上孝衣。出去拜見了蔡御史。良久後邊收拾停當。

請蔡御史進來。西門慶灵前叅拜了。月娘穿着一身重孝。出來回禮。再不教一言。就讓月娘夫人請回房。因問經濟說道。我昔時曾在府相擾。今差滿回京去。敬來拜謝拜謝。不期作了人故。便問甚麼病來。陳經濟道。是個痰火之疾。蔡御史道。可傷可傷。即喚家人上來。取出兩疋杭州絹。一雙絨襪。四尾白鯗。四罐蜜餞。說道。這些微禮。權作奠儀罷。又拏出五十兩一封銀子來。這個是我向日曾貸過老先生些厚惠。今積了些俸資奉償。以全始終之交。分付大官。交進房去。經濟道。老爹忒多計較了。月娘說。請老爹前廳坐。蔡御史道。也不消坐了。拏茶來。我吃一鍾就是了。左右須臾拏茶上來。蔡御史吃了。揚長起身上轎去了。月娘得了這五十兩銀子。心中又是那懽喜。又是那慘切。想有他在時。似這樣官員來到。肯空放去了。又不知吃酒到多咱晚。今日他伸着脚子。空有家私。眼看着就無人陪侍。正是人得交游是風月。天開圖畫即江山。有詩爲証

靜掩重門春日長　爲誰展轉怨流光
更憐無瓜秋波眼　默地懷人淚兩行

話說李嬌兒到家。應伯爵打听得知。報與張二官兒就拏着五兩銀子。來請他歇了一夜。原來張二官小西門慶一歲。屬兎的三十二歲了。李嬌兒三十四歲。虔婆瞞了六歲只說二十八歲教伯爵應瞞着使了三百兩銀子。娶到家中。做了二房娘子。祝日念。孫寡嘴。依舊領着王三官兒。還來李家行走。與桂姐打熱不在話下。伯爵李三黃四。借了徐内相五千兩銀子。張二官出

了五千兩。做了東平府古器這批錢粮。逐日寶鞍大馬。在院中搖擺。張二官見西門慶死了。又打點了千兩金銀。上東京尋了樞密院鄭皇親人情。對堂上朱太尉說。要討刑所西門慶這個缺。家中收拾買花園蓋房子。應伯爵無日不在他那邊趨奉。把西門慶家中大小之事。盡告訴與他。說他家中還有第五個娘子潘金蓮。排行六姐。生的極標致。上畫兒般人材。詩詞歌賦諸子百家。折牌道字。雙陸象棋。無不通曉。又會識字。一筆好寫。彈一手好琵琶。今年不上三十歲。比唱的還喬。說的這張二官心中火動。巴不得就要了他。便問道。莫非是當初的賣炊餅武大郎的妻子麽。伯爵道。就是他。被他占來家中。今也有五六年光景。不知他嫁人不嫁。張二官道。累你打听着。待有嫁人的聲口

第八十一回

韓道國拐財遠遁

聯經出版事業公司
景印版

新刻金瓶梅詞話卷之九

第八十一回

韓道國拐財倚勢　湯來保欺主背恩

萬事從天莫强尋　天公報應自分明
貪淫縱意奸人婦　背主侵財被不仁
莫道身亡人弄鬼　由來勢敗僕忘恩
堪嘆西門成甚業　贏得奸徒富半生

話說韓道國與來保兩個。自從西門慶將二千兩銀子。打發他在江南等處。置買貨物。一路飡風宿水。夜住曉行。到于揚州去處。抓尋苗青家內宿歇。苗青見了西門慶手札。想他活命之恩。儘力趨奉。他兩個成日尋花問柳。飲酒取樂。一日。初冬天氣。寒。

雲淡淡。哀雁悽悽。樹木彫零。景物蕭瑟。不勝旅思。于是二人連忙將銀往各處。置了布疋。裝在楊州苗青家安下。待貨物買完起身。先是韓道國。舊日請的表子。楊州舊院王玉枝兒。來保便請了林彩虹妹子。小紅。日逐請楊州塩客王海峯。和苗青遊寶應湖。遊了一日。歸到院中玉枝兒。鴇子生日。這韓道國。又邀請衆人擺酒。與鴇子王一媽做生日。使後生胡秀。置辦酒肴果菜。又使他請客商汪東橋。與錢晴川兩個。又不見到。想他就同王海峯來了。至日落時分。胡秀纔來。被韓道國帶酒罵了幾句。說這厮不知在那里味酒。味得這咱纔來。口裏噴出來酒氣。客人也先來了巳半日。你不知那里來。我到明日定箅你出去。那胡秀把眼斜瞅着他。走到下邊。口裏喃喃吶吶。說你罵我。你家老婆在家里仰搧着挣。你在這里合蓬着丢。宅里老爹。包着你家老婆。肏的不值了。纔交你領本錢出來做買賣。你在這里快活你老婆不知怎麽受苦哩。得人不化。白出你來。你落得爲人。對王枝兒鴇子。只顧說鴇子。便拉出他院子里。說胡官人你醉了。你往房里睡去罷。那胡秀大嚷小喝。白不進房來。不料韓道國。正陪衆客商在席上吃酒。身穿着白綾道袍。綠絨襖衣。毡鞋羢襪。聽見胡秀口内放屁辣臊。心中大怒。走出來。端了兩脚。罵道賊野囚奴。我有了五分銀子。雇你一月。怕尋不出人來。即時趕他去。那胡秀那里肯出門。在院子内聲叫起來。說道你如何趕我。我沒壞了管帳事。你倒養老婆。倒攛我。看我到家說不說。被來保勸住韓道國。手拉他過一邊。說道你這狗骨頭。原來這等

酒硬。那胡秀道保叔。你老人家。休管他。我吃甚麽酒來。我和他做一做。被來保推他往屋裏挺覺去了。正是

酒不醉人人自醉　色不迷人人自迷

來保打發胡秀房里睡去不題。韓道國恐怕衆客商恥笑。和來保席上。觥籌交錯。遞酒興笑。林彩虹小紅姊妹二人并王玉枝兒。三個唱的。彈唱歌舞。花攢錦簇。行令猜枚。吃至三更方散。次日韓道國。要打胡秀。胡秀說。小的道不曉一字。被來保苗小湖做好做歹。勸住了。話休饒舌。有日貨物置完打包裝載上船。苗青打點人事禮物。抄寫書帳。打發二人。并胡秀起身。王玉枝。并林彩虹姊妹。少不的置酒馬頭。作別餞行。從正月初十日起身。一路無詞。一月前臨行閘上。這韓道國。正在船頭上跕立。忽見

街坊嚴四郎。從上流坐船而來。往臨江接官去。看見韓道國。舉手說韓西橋。你家老爹。從正月間沒了。說畢。船行得快。就過去了。這韓道國聽了此言。遂安心在懷。瞞着來保。不對他說。不想那時河南山東大旱。赤地千里。田蚕荒蕪不收。棉花布價。一時踊貴。每疋布帛。加三利息。各處鄉販。都打着銀兩遠接在臨清一帶馬頭。迎着客貨而買。韓道國便與來保商議。船上布貨。約四千餘兩。見今加三利息。不如且賣一半。便益鈔關納稅。就到家發賣也不過如此。遇行市不賣。誠爲可惜。來保道。夥計所言雖是。誠恐賣了。一時到家。惹當家財主見怪。如之柰何。韓道國便說。老爹見怪。都在我身上。來保只得強不過他。在馬頭上。發賣了一千兩布貨。韓道國說。雙橋你和何秀在舡上。等着納稅我打旱路。同小郎王漢。打着這一千兩銀子。裝成馱垜。先行一步家去。報老爹知道。來保道。你到家。好歹討老爹一封書來。下與鈔關錢老爹。少納稅錢。先放船行。韓道國應諾。同小郎王漢裝成馱垜。往清河縣家中來。不在言表。有日進城在甕城南門裏。日色漸落。不想路上撞遇西門慶家。看墳的張安。推着車輛酒米食盒。正出南門。看見韓道國。便叫韓大叔。你來家了。韓道國看見他帶着孝。問其故。張安說老爹死了。明日三月初九日。是斷七。大娘交我拏此酒米食盒。往墳上去。明日墳上與老爹燒帋去也。這韓道國聽了。說可傷可傷。果然路上行人口似碑。話不虛傳。打頭口逕進城中。那時天已漸晚。但見

十字街熒煌燈火。九曜廟香靄鐘聲。一輪明月掛疎林。幾點

踈星明碧落。六軍營內。嗚嗚畫角頻吹。五鼓樓頭。點點銅壺雙滴。四邊宿霧。昏昏罩舞榭歌臺。三市沉烟。隱隱閉綠窓朱戶。兩兩佳人歸繡幙。紛紛仕子捲書幃。

這韓道國進城來。到十字街上。心中筭計。且住。有心要往西門慶家去。况今他已死了。天色又晚。不如且歸家停宿一宵。和渾家商議了。明日再去不遲。于是和王漢打着頭口。逕到獅子街家中。二人下了頭口。打發赶脚人回去。叫開門。王漢搬行李馱垛進來。有丫鬟看見。報與王六兒。說爹來家了。老婆一面迎接入門。拜了佛祖。拂去塵土。馱垛搭連。放在堂中。王六兒替他脫衣坐下。丫鬟點茶吃。韓道國先告訴往回一路之事。我在路上撞遇嚴四哥。說老爹死了。剛纔來到城外。又撞見墳頭張安推酒米往墳上去。說明日是斷七。果不虛傳。端的好好的。怎的死了。王六兒道。天有不測風雲。人有當時禍福。誰人保得無常。韓道國一面把馱垜打開。裏面是他江南置的衣裳。細軟貨物。兩條搭連內。倒出那一千兩銀子。一封一封。倒在坑上。打開都是白光光雪花銀兩。對老婆說。此是我路上。賣了這一千兩銀子先來了。又是兩包梯巳銀子一百兩。今日晚了。明日早送與他家去罷。因問老婆。我去後。家中他先看顧你不曾。王六兒道。他在時倒也罷了。如今你這銀。還送與他家去。韓道國道。正是要和你商議。咱留下些。把一半與他。如何。老婆道。呸。你這傻才。這遭再休要傻了。如今他已是死了。這裡無人。咱和他有甚瓜葛。不爭你送與他一半。交他招韶道兒。問你下落。到不如一狠二很。把他這一千兩。咱顧了頭口。拐了上東京。投奔咱孩兒那裡愁。咱親家太師爺府中。招放不下你我。韓道國說。丟下這房子。急切打發不出去。怎了。老婆道。你看沒才料。何不叫將第二個來。留幾兩銀子與他。就交他看守便了。等西門慶家人來尋你。只說東京咱孩兒。叫了兩口去了。莫不他七個頭。八個胆。敢往太師府中。尋咱們去。就尋去。你我也不怕他。韓道國說。爭奈我受大官人好處。怎好變心的。沒天理了。老婆道。自古有天理。到沒飯吃哩。他占用着老娘。使他這幾兩銀子。不差甚麼。想着他孝堂。我到好意。備了一張插卓三牲。往他家燒帋。他家大老婆。那不賢良的淫婦。半日不出來。在屋裏罵的我好。訕的我出又出不來。坐又坐不住。落後他第三個老婆出來。陪我坐。我不去坐。坐轎子來家。想着他這個情兒。我也該使他這幾兩銀子。一席話。說得韓道國不言語了。夫妻二人晚夕計議已定。到次日五更。叫將他兄弟韓二來。如此這般。交他看守房子。又把與他一二十兩銀子盤纏。那二搗鬼。千肯萬肯。說哥嫂只顧去。等我打發他。這韓道國。就把王漢小郎。并兩個了頭。也跟他帶上東京去。僱了二輛大車。把箱籠細軟之物。都裝在車上。投天明出西門。逕上東京去了。正是

撞碎玉籠飛彩鳳。頓斷金鎖走蛟龍。

這里韓道國夫妻東京去不題。单表吳月娘。次日帶孝哥兒。同孟玉樓。潘金蓮。西門大姐。奶子如意兒。女婿陳經濟。往墳上與西門慶燒帋。墳頭告訴月娘。把昨日撞見韓大叔來家一節。月

娘道。他來了怎的不到家里來。只怕他今日來。在墳上剛燒了帋。坐了沒多回老。早就赶了來家。使陳經濟往他家。叫韓夥計去問他船到那里了。祢時叫着。不聞人言。次則韓二出來。說俺姪女兒東京叫了哥嫂去了。船不知在那里。這陳經濟回月娘。月娘不放心。使經濟騎頭口。往河下尋舡去了。三日到臨清馬頭舡上。尋着來保舡隻。來保問韓夥計。先打了一千兩銀子家去了。經濟道。誰見他來。張安看見他進城。次日墳上來。家大娘使我問他去。他兩口子。拏家連銀子。都拐的上東京去了。如今爹死了。斷七過了。大娘不放心。使我來我尋船隻。這來保口中不言。心内暗道。這天殺。原來連我也瞞了。嗔道路上賣了這一千兩銀子。乾淨要起毛心。正是人面咫尺。心隔千里。當下這來保。見西門慶已死。也安心。要和他一路。把經濟小夥兒。引誘在馬頭上。各唱店中。歌樓上飲酒。請表子頑耍。暗暗船上搬了八百兩貨物。卸在店家房內。封記了。一日鈔關上納了稅。放船過來。在新河口起腳裝車。往清河縣城裡來。家中東廂房卸下。那時自從西門慶死了。獅子街絲綿鋪。已關了。對門段鋪。甘夥計崔本賣貨銀兩。都交付明白。各辭歸家去了。房子也賣了。止有門首解當生藥鋪。經濟與傅夥計開着。這來保妻惠祥。有個五歲兒子。名僧寶兒。韓道國老婆王六兒。有個侄女兒四歲。二人割衿。做了親家。家中月娘。通不知道。這來保交卸了貨物。就一口把事情。都推在韓道國身上。說他先賣了二千兩銀子來家。那月娘再三使他上東京。問韓道國銀子下落。被他一頓話說。

咱早休去。一個太師老爺府中。誰人敢到。沒的招是惹非得。他不來尋趁。咱家念佛。到沒的招惹虱子頭上撓。月娘道。翟親家也虧咱家。替他保親。莫不看些分上兒。來保道。他家女兒見在他家得時。他敢只護他娘老子。莫不護咱不成。此話只好在家對我說罷了。外人知道傳出去。到不好了。這幾兩銀子罷。更休題了。月娘交他會買頭。發賣布貨。他甫會了主兒。月娘交陳經濟兌銀講價錢。主兒都不服。拏銀出去了。來保便說姐夫。你不知買賣甘苦。俺在江湖上走的多。曉的行情。寧可賣了悔。休要悔了賣。這貨來家。得此價錢就勾了。你十分把弓兒拽滿。迸了主兒。顯的不會做生意。我不是托大說話。你年少不知事體。我莫不肐膊兒。往外撇。不如賣吊了。是一場事。那經濟聽了。使性兒不管了。他不等月娘分付。匹手奪過筭盤來。邀回王皂兒來。把銀子兌了二千餘兩。一件件交付與經濟經手交進月娘收了。推貨出門。月娘與了陳經濟二三十兩銀子。房中盤纏。他便故意兒昂昂大意不收。說道你老人家。還收了。死了爹。你老人家死水兒。自家盤纏。又與俺們做甚。你收了去。我決不要。一日晚夕外邊。吃的醉醉兒。走進月娘房中。搭伏着護炕。說念月娘你老人家。青春少小。沒了爹。你自家守着這點孩兒子。不害孤另麼。月娘一聲兒沒言語。一日東京翟管家。寄書來。知道西門慶死了。聽見韓道國。說他家中。有四個彈唱出色女子。該多價錢說了。去兌銀子來。要載到京中。答應老太太。月娘見書。慌了手脚。叫將來保來計議。與他去好。不與他去好。來保進入房中。也不叫娘。只說你娘子人家。不知事。不與他去就惹下禍了。這個都是過世老頭兒惹的。恰似賣富一般。但擺酒請人。就交家樂出去。有個不傳出去的。何況韓夥計女兒。又在府中答應老太太。有個不說的。我前日怎麽說來。今果然有此勾當。鑽出來。你不與他。他裁派府縣。差人坐名兒來要。不怕你不雙手兒奉與他。還是遲了。不如今日。難說四個都與他。胡亂打發兩個與他。還做面皮。這月娘沉吟半晌。孟玉樓房中蘭香。與金蓮房中春梅。都不好打發。綉春又要看哥兒。不出門。問他房中玉簫與迎春。情願要去。以此就差來保。僱車輛。裝載兩個女子出門往東京太師府中來。不料來保這廝在路上。把這兩個女子都姦了。有日到東京。會見韓道國夫婦。把前後事都說了。若不是親家

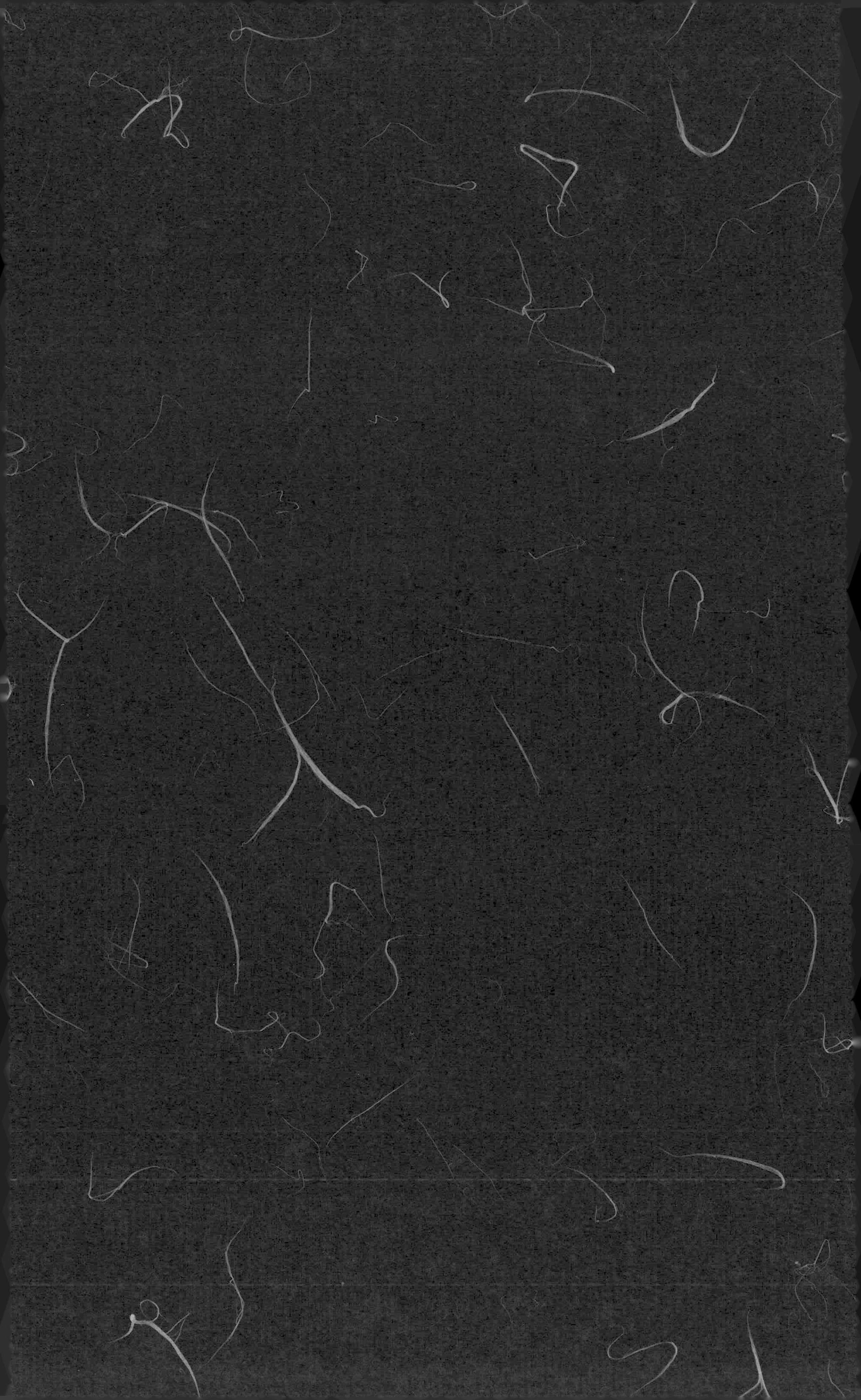